講談社文庫

この道

古井由吉

講談社

目次

この道

たなごころ

あの石を、とうとう拾って来なかったな、と病人は悔むように言った。

いきなりのことなので、ときおりはさまる譫言《うわごと》のようなものかと思ったら、なに、道のどこにもころがっているような石ころだ、と正気に返った声でまた言う。ただ、黒くて滑らかな、まるい石だった。子供は目をひく物なら何でも手に取って見るものだ。しかし夏の日盛りのことで、腹はへって膝がだるくて、立ちどまって屈むのもおっくうだった。一度は振り向いた。かりに気を取りなおして拾いにもどったとしても、しばらく歩きながらひねくりまわしてから、捨てたことだろう。捨てるにきまっている。

そう言って瞼をゆるくおろして、寝息らしいものが聞こえていたが、しばらくして目をすっきりとあけて、惜しむわけでもないのに、夜中にその石がひくんだよ、ようやく寝床から立ちあがってどこかへ行くつもりの、その背中を、と笑った。縁もゆかりもない、けとばせば片づく石ころのくせに、なかなか強いんだ。うしろからひかれるのにさからって前のめりになったからだが、負けて空足《からあし》を踏みそうになる。ところが石は、むやみにひきながら、きっぱりとひきつけようともしない。その半端なのが苦しくて、喘ぐばかりにして行くうちに、いつのまにか背がまっすぐに、やすらかに伸びている。さては遠ざかったかと思えば、またひいてくる。それの繰り返しだ。

そんな愚にもつかぬ夢を見るようなら、まだ当分、もつのだろう、とまた笑って目をつぶり、深い寝息を立てた。

心に残るのなら、俺が行って拾って来てやるよ、と気やすめが口をついて出かけたが、眠った病人を置いて帰る道々、春先のことなのに、沈む日が枯木のむこうにかかると秋の暮れ方の心地になり、薄い夕日影の差す石ころだらけの道に立って、何を拾ったらよいものかと途方に暮れる自身が見えた。

病人の手は甲のほうこそやつれはてていたが、掌はふっくらと、豊かな肉づきだった。どこか仏像の掌をいまさら思わせた。

人は生まれてくる時には手を握りしめ、死ぬ時にはやがてひらきはなしにすると言われる。

播磨の国は飾磨《しかま》の郡の、書写《しよしや》山の性空《しようくう》上人とは和泉式部の、くらきよりくらき道にぞ入りぬべきはるかに照らせ山の端の月、と仰いだその人である。この上人について今昔物語は、生まれてくる時に一本の、一寸ばかりの針を左手に握りしめていた、と伝えている。

母親がそれまでに再三にわたり難産に苦しんだので、流産を願って毒を服したところが、この時にかぎって安産だったという。まさか針を呑んだのではあるまいが、堕胎の毒薬が一本の針となってあらわれたということか。それにしても、針を握って生まれてきたとはおそろしい。出生の怨みにかたまった、鬼っ子を思わせる。

ひきつづき今昔物語によれば、まだ赤児の頃に、乳母が添寝するうちに姿が見えなくなり、驚いて探すと、いつのまにか家の北の墻《かき》のあたりにいた。すでに霊異の初めらしい。北の墻のところで何をしていたのだろう。日陰の花に無心に見入っていたように、私には思われる。

幼少の頃から生き物を殺さず、人の中にまじわらず、ただ静かなところに居て、仏法を信じて出家の心があったという。実際に生涯無垢、霊異もさまざま身に起こり、余人の目には見えぬものまで見たようだ。人に仰がれるようになっても、人まじわりを忌むことは徹底していて、時の圓融院にあながちに召された時には使者を待たせておいて仏前にこもり、われ大魔障にあひたり、助けたまへ、十羅刹《じゅうらせつ》、と大声に叫んで額を破れんばかりに床に打ちつけ、臥しまろび泣くことかぎりなしとあり、怖気づいた使者を退散させたというから、物狂おしいところもあったと推察される。けっして穏和一方の人ではなかったとも思われる。

さて最晩年に至り、写経をしまえたその供養のために、親しくしていた叡山の僧を書写山に招く。天台座主の源心の、まだ供奉《ぐぶ》という身分の頃になる。その供養もはてて、さまざまな布施を源心にあたえたその中に、紙にくるまれた一寸ばかりの針があった。錆びた針である。包みをひらいて源心はさすがに怪しんで、ためらいはあったようだが、上人の前に出てたずねると、上人は出生の秘密を明かす。母親はこの針を、息子の出家の折りだろうか、事情を話して渡したようなのだ。

それを年ごろ持ちて侍りつるを、徒らに棄てむもさすが思《おぼ》えて、たてまつるなり、とある。

出生の針を生涯手もとに留め置いたという、執念にも似た覚悟の凄さはそれとして、ただ棄てるのもどうかと思ってさしあげることにしましたと、まるで身のまわりのささやかな物を記念《かたみ》に遺贈するような恬淡さである。無垢のここに至れるものなのだろう。打ち明けられて僧も得心する。

よくこそ問ひ聞きてけれ、聞かずして止みなましかば、聖人の一生は知らざらまし、と僧は喜んだとある。そして山をくだり、播磨から摂津の国にかかったところで、山から人が追って来て、上人の往生を告げる。

聖人の一生を知らずに終っただろうとは、上人の生涯の無垢の秘訣、聖の聖たる所以を見たということなのだろう。しかし上人はその針にまつわる事情を、それまでの親たちの惑乱もふくめて、つぶさに語ったとは思えない。生臭いことを口にする時でもなければ、そのようなことを話す、穢《な》れた口でもなかろう。僧はおそらく、上人の一生をその出生から見たとしても、親が出産を望まず流産を謀ったということのほかは、何も聞かされなかった、聞くに及ばなかったのではないか。手もとにまた眺める一本の、一寸ばかりの、錆びた針があるばかりだ。

源心自身の内にも、親に望まれて生まれて来た子であっても、針を眺めるにつれ出生の傷らしきものがおのずと疼いて、聖人の無垢をせつないように感じながら、その針を末期に、ついでのように、人に呉れてやった、あっさりとした始末をうらやんだか。

今からは四十五年あまりも昔のこと、ある文士の追悼の場でその先輩の老大家が祭壇の前から故人の名を呼んで、いまだ生を知らず、いづくんぞ死を知らんと切り出し、故人はまだ中年にあたり最期は自決であったので、参列者たちは息を呑んだと聞く。おそらくつかのまのことで、やがて一同、遺された老いの身の、語るに語れぬ思いと取りなして納めたのだろう。おのれの生も知らないので、まして死を知るどころではないと、生きながらに宙に浮いた心地に、それぞれしばしなったかもしれない。

　論語の内に見える言葉らしい。若い頃から漢文の素養を享けた世代なら、生き死にのことにつけて、浮かぶのだろう。論語を読み返して見ればしかし、この言葉には前段があった。門弟の子路がまず、鬼神にいかに仕《つか》えるかを問う。それに孔子は、未《イマ》ダ人ニ事《ツカ》フルコト能《アタ》ハズ、焉《イヅク》ンゾ能《ヨ》ク鬼《キ》ニ事ヘン、と答える。いまもって君主に仕えることも心得ていない、まして、どうして鬼神によく仕えられるだろうか、というほどの意味だろう。そこで子路はまた、敢えて死のことを問う。それへの孔子の答えが、未ダ生ヲ知ラズ、焉ンゾ死ヲ知ラン、である。

　鬼神とはここでは祖霊のことであって、鬼神に仕えるというのは祖霊への祭祀のことだと取る。孔子はもとより祖霊の祭祀を重く見る人であり、おろそかな答えではあるまい。祖霊に仕えることこそいよいよむずかしく、測り知れないことだという意だと思われる。そこで子路は、それでは先生、死のことはどうお考えになりますかと問うことになるが、あるいは、死者のことをどう考えるか、とたずねているのかもしれない。

それに対して、いまだ生を知らず、いづくんぞ死を知らん、と答えた孔子の言葉は、はるか後世の人間の、死のことをろくに思わずに暮らしながら死後のことにこだわる心を、免責のように、楽にしてくれるところがある。しかし子路のたずねた、そして孔子の答えた死とは、個々の人間の死ではないように、私には思われる。祖霊とはつまり死者たちであり、その祭祀をめぐる師弟の問答には初めから死者たち、「死んで在る」ということの、不可思議さがふくまれているのではないか。

没して何十年かはまだ個々の死者たちでも、さらに百年二百年も経てばおそらく、ひとつに合わされる。太古の神話上の祖、あるいは建国の、あるいは中興の祖ならまだしも、その名その業績のもとに神格として、人格になずらえて祀るのに伝来の儀礼も様式もあり、熱心に学べば修得もされようが、集合した霊を祀るには、名や格によって縛るわけに行かず、死んでしかも在る、ひたむきに死んでひたむきに在るという不可思議さへ、畏怖という名の宥和がなければ、恐怖の念をまぬがれない。そして死んで在ることを知るには、生きて在ることをその出生の、まだ人格未分の境までたどりつくさなくてはならないというのが、いまだ生を知らずの意か。しかしこれもほとんど不可能のことだ。

まず曲解なのだろう。人はいずれ、おのれの生の由来についてもほんとうのところは知れないので、まして死の行方は知る由もない、とぐらいに取るのが穏当に違いない。賢人見者の言葉は、聞くほうとして深くに分け入らず表面に留まっているだけでも、いや、敷居の前に控えていればこそ、心を安くする功徳がある。人の邪《よこしま》な本性《さが》を鋭く刺す言葉ですら、痛いながらに、赤剝けにされながらも、一陣の涼風に感じられることもある。人の痴愚のはかなさを説く言葉なら、哀しみが慰めとなる。考え詰めればむずかしいことになるのだが。

とにかく、死はその事もさることながら、その言葉その観念が、生きている者にはこなしきれない。死を思うと言うけれど、それは末期のことであり、まだ生の内である。わたしは死んだとは、断念や棄権の比喩でなければ、あるいは三途の川へ向かう道々のつぶやきか、心が残って人の枕上に立つようなことでも思うのでなければ、理に合わぬ言葉である。わたしは死んだと知る、そのわたしが存在しない。かりに臨終の意識の、影のようなものがしばし尾を曳くとしても、記憶が失われれば、自己同一性とやらも消える。ところがまたむずかしいことに、死後の存在、霊魂の不滅というような伝来の観念を、どこかでおのずと踏まえないとしたら、人の言葉はそもそも、成り立つものだろうか。ただ明日と言うだけでも、一身を超えた存続の念がふくまれてはいないか。一身を超えていながら、我が身がそこに立ち会っているというようなな。

生きているということもまた、死の観念におさおさ劣らず、思いこなしきれぬもののようだ。生きていることは、生まれて来た、やがて死ぬという、前後へのひろがりを現在の内に抱えこんでいる。このひろがりはともすれば生と死との境を、生まれる以前へ、死んだ以後へ、本人は知らずに、超えて出る。

古代ギリシャのオルペウス教徒の、死者の棺に入れた護符か、旅立ちの案内のようなものの銘文によれば、死者は冥府にくだり、白い糸杉のもとに湧く神泉、生命の泉だろうか、その水で喉の渇きを癒やすことになるかと思えば、それは泉の番人にひとまず辞退しなくてはならず、さらに深い地底の、記憶の女神の湖から汲むことを願うがよいとある。記憶の女神というのは記憶の擬神化である。そう願えば番人は神泉から飲むことを許し、汝は神々の座につらなるであろうとあるので、地底の湖までさらにくだらなくてはならないのか、それには及ばないのか、わからぬところだが、それは措いて、この湖は記憶の源泉であると同時に、太古の忘却を湛えた湖であるらしい。

記憶は忘却より来て、忘却へ還る、ということになる。さらに、人の在世の間にも、記憶は忘却へ還ろうとして、忘却は記憶を産み出そうとする、とも言えるか。人は見たような覚えを踏まなくては生きられないもののようだが、忘却ながらの既視感、既視感ながらの忘却も折りにはさまる。記憶の湖は個別をたやすく融かしこむ。

よせばよいのにそこまで思うと、わたしは生きているのも、わたしは死んでいると言うのに近づいて、だいぶあやしくなる。生きていることは、現に生きているのだから、間違いはないとしても、わたしは、わたしだろうか、と首をかしげる烏滸《をこ》におちいりかねない。

わたしという存在は一身の過去の記憶の、よくも思い出せないものもふくめて、漠とした積み重ねの上に立つと取るのがまず穏当である。おのれの出生の時までは及ばないが、後に聞かされた出生の事情でも、現在の我が身に照らしてつくづく思いあたる節があればこれも記憶、思い出せぬことながら、思い出せることよりも重い記憶になる。しかし母胎の内にあった時、さらに受胎の時までさかのぼれば、はるか地の底の、忘却の湖に漂っているにひとしい。この忘却の内にすでに生涯の定めが萌しているとしたら、人の記憶ははかない、徒労のようなものになる。

赤子の生後ひと月かふた月の頃か、大人が顔を近づけると、ほんのりと笑う。あれは笑っているのではない、と言われる。人を識別するどころか、目もまだ光と影しか見えないので、影の近づきにただ反応しているだけだと。それにしても、笑うのに似ている。まじりけもない笑みに見える。初めの認知と、そして記憶の萌しを思わせる。産土神《うぶすな》さんがあやしている、という取り方が昔はあったそうだ。あたっているのかもしれない。

それがやや成長して、首はおおよそ据わったがまだ寝返りも打てない頃に、真昼間の明るい部屋の、座蒲団の上に寝かされ、握りしめた片手を目の前へやって眺めている。やがてつくづくと見ている。握った手を左右にすこしずつ動かしては目で追っている。自分のからだを不思議がっているのか。それとも、手の動きにつれて自分のからだを中心に空間のひろがるのに眺め入っているのか。ここまで来てようやく、母胎の内からすっかり解放されたことに安息しているようにも見える。

起きなおれるようになった頃に、蒲団の上にちょこんと坐って、まだ乳呑子の、頭を起こすととろんとなる顔から、ひとりで溜息をついている。聞いて親が振り返るほどに、深い息になることもある。受胎からここまで、生涯にもひとしい長旅であったかのように。

この子はどこの家に生まれてきたと思っているのだろう、とつい溜息をもらった親もいたとか。

息を引き取った後で、死んだ自分を去り際に振り返る。そんな想像が人の内に埋めこまれているようだ。そこで死んでいるのが自分なら、振り返る自分は誰なのか、と粗忽の話に類しかねないところだが、霊魂の不滅を信じかねていてもそのような想像が時に去来して、いずれ死ぬことへの、なにがしかの和《なご》みになるのだから、何事かなのだろう。やがてひとりになり、知らぬ道をたどりながら、おのれの生涯をかなしみ、いとおしむのも、自愛の名残りである。窮地に追いこまれて心の乾ききった時でもぎりぎりわずかな自愛なしには生きられなかった、と振り返るのもかなしい。そのかなしみの飽和したところで、夜がほのぼの明けるように、記憶がうすれる。

春が来て桜の花も咲く頃になったら、楽になるだろう、と病後あるいは病中の身で冬を越すことになった者は、年が改まって寒の内に入った頃から待つようだ。大寒が明けて梅の香が夜に漂う頃になると、いよいよ待ち遠しくなる。

病いを持たぬ身であっても、八方塞がりに追いこまれれば、春が来たとて道がひらけるでもないのに、やはり春を待つ。まして生活環境のよほどきびしかった昔の人間は老若を問わず、冬場には生命の危うさをわずかずつ、日常坐臥に感じていたはずであり、それだけに春を待つこと切なるものがあったに違いない。

すっかり春めいた宵に風呂に入り、よく漬かってから足の裏を軽石でこすると、象の皮のようだったのが剝けて、やわらかな肌があらわれる。そんな甦りを子供の頃に知った世代の私でも、冬場の床《ゆか》の冷たさが足から腰へ染みてきたことこそ覚えているが、もうながらく防寒と暖房の備わった世に住まいなし、外出の折りにも寒風の中を歩くのはしばらくの間で、暖いところから暖いところへたどっているようなものであり、古人の春を待つ心も春を迎える心も、身体からわからなくなっているのではないか。そう疑っていたところが、老いていささか病んで、歩みがたどたどしくなってみれば、家の内までさほど冷えこんだ夜でもないのに、腰を屈め気味にしている。

今年はとりわけ春が遅かった。三月に入って早々にこの辺ではひさしぶりにまとまった雨が降り、旧暦のきさらぎの雨めいて、これで木の芽もふくらむことと思わせたが、その後は寒暖が日替わりのようになり、それでも六年前の大震災の年の三月の初めの、雨が霙になり、やがて雪もまじった天候よりもましだと折り合ううちに、月のなかばから寒気が居坐った。下旬に入っても寒さはゆるまず、午前は晴れてやや春めいたかと思えば午後に入ると曇って夜へかけて冷えこむ。三月の末日には終日冷い雨が落ちて夜には本降りになり、待ちかねてあわれな花を咲かせる樹もあったが、私の住まいの南おもての桜はちらほらともしない。

五十年近くここに住みついた主人《あるじ》が数えるに、この桜もとうに老木の域に入っている。老木は咲けば狂ったように咲き盛るが、天候の思わしくない春には若木よりも咲き遅れるものらしい。寿命を保つ知恵か。四月の二日の日曜日の自宅に招いた客には、花のない花見になりましたが、これも一興でしょう、と挨拶するよりほかになかった。客の帰った後から、夜がまた冷えこんだ。

そう言えば桜ばかりか梅の花も、たしか立春過ぎの雪まじりの雨の降ったその翌日に、近間に白梅の咲いているのを見かけたが、それが匂わなかった。とりわけ咲き出しの頃には甘い香が夜の寝床にまで漂ってきて、いささかなやますこともあったのに、今年はその覚えもない。匂ってはいたのだろう。それに感応するだけの精がこちらにかすれたか。袖の移り香などというのも、外から来るものと、つれて内から湧くものとが、遠い記憶のようにひとつ出会うところからふくらむものなのだろう。

老いて風狂の者が杖をとめて見あげる図には、梅の花がふさわしいようにも思われる。人の家に咲く梅の花を終日《ひねもす》、門の外に立って眺めていたという僧の話も伝えられる。急ぎの道を行くには、梅の花のあたりは避けて通らなくてはなりませんな、という意味のとぼけたような歌を、暮れ方にその梅の家の主人に詠《よ》みおくっている。その家に寄らずに通り過ぎたことの言訳けだったのかもしれない。どこへ寄ったのか、それこそ言わずが花であったか。

それにしても、と春の寒気に苦しんで雑念はまた斜《はす》に跳ぶ。新春、陰暦の正月につけて、吉野の山の歌を詠《よ》む。平安から鎌倉期の、のちに八代集と呼ばれる八篇の勅撰和歌集の内、二篇まで、吉野の歌が冒頭に立つ。ほかの四篇でも、冒頭から五首の内に入る。あれはどういうものか。吉野と言われても私には子供の頃から軍歌か、和菓子か和菓子屋か、せいぜい百人一首のうろ覚えか、そんな縁しかない。思い浮かべられるところもすくない。眠りそびれれば、我が身の大事は考えず、どうでもよさそうなことばかりを、空っぽの頭の内を去来させるものだ。半端ながら、どうかするとうるさい。

春がすみ立てるやいづこみ吉野の吉野の山に雪はふりつゝ、と詠《なが》める。み吉野は山もかすみて白雪のふりにし里に春はきにけり、と詠める。いずれも立春の、春の立つ心であるから、春の部の冒頭あたりに置かれるのも不思議はないものだが、そこは勅撰集の冒頭でもあり、殊にあらたまった場であるはずだ。年の初めにはるか吉野の方を望んで、とりもあえず歌を手向けるという役が課せられてはいなかったか。

吉野の里は、ふるさとである。ふるさととは昔ながらの里というだけでなく、その昔におのれがながらく住みついて、のちに去った、遠ざかった所というこころもおのずとふくむ。かつて馴染んでやがて別れた人の住みか、あるいはその人の存在を匂わせることもある。捨てられたほうからすれば、自身がそのまま、ふるさとになる。

勅撰集の冒頭のあたりの晴れの歌に、個人の情をこめることはないと思われる。古里は古里でも、今の京《みやこ》にすでに代々住みついた者たちの、個々の記憶の底も通してさかのぼる、故地を振り返っているに違いない。捨てて来た、幾代にもわたって遠ざかってきた。

太古の始祖の帝《みかど》は戦に敗れて吉野の地へ逃がれ、そこで陣を立てなおし、大和の国を平定したと伝えられる。壬申の折りの帝もおなじく吉野へ逃がれ、兵を集めて巻き返し、国をおさめたという。しかしその後も京は捲土重来の地から隔たったきりになった。それればかりか、吉野から凱旋した天武の帝の正系とは言われぬ、天智系の帝たちが奈良朝の末から何代も続いている。南北のこだわりは、南北朝の時代をはるかにさかのぼるらしい。

もしも吉野の地に立て籠もった祖先が土地の民と、さらには土地の神霊と、重い盟約を交わしていたとしたら、今もなお南から呼び声が、聞かれぬことを恨んで、はるかに立つと思わなくてはならない。神霊はおおよそ男性格なのだろうが、大地母神のようなものも添うならば、呼び声は一段と凄くなる。新春の年頭にあらたまって歌をおくり、雪にまだ降りこめられているのを思いやるにせよ、早くも春に感じて霞むのをよろこぶにせよ、ねんごろに見舞って、一年の安穏と豊穰を願う。怠ればその祟りで天地が乱れるやも知れない。

時代はつねに故地への裏切りであって、歌は背《そむ》かれた故地への取りなしであったか。草木の揺らぎやら雲の流れやら日の移ろいやら、風の音や鐘の声の起こり静まりやら、瞬時の珍《めづら》に触れて心があくがれ出て、知らぬ故地が見えかかるものらしい。未来へあくがれ出ても、行く手に故地が望まれる。しかし春の遅いにつけて思いやられるような、山も里も私にはない。まして故地からの呼び声があるはずもない。あるとすれば、猛火に焼き払われた瓦礫の原の、まだ煤煙の立ちこめる中から、白く明けていく空の声だろうか。私の生まれた土地の焼かれたのは梅雨と梅雨との晴れ間のような、初夏も末の未明だった。春先の声なら、三月十日の大空襲の、十万もの死者の横たわる、春のあけぼののになるか。

墓参りというものをしたことがない、と言った人がある。つい何年か前のこと、私と同じ高齢の人である。いずれ近親の死者たちはあることだろうから、その年忌のことは別にして、鬼籍に入った友人知人、あるいは古人の墓参りのことなのだろう。言われて数えてみれば私自身、それまでにもう十年あまりも、親たちの墓に参っていない。あれももう何年前になるか、箱根の湯本に一泊したついでに北條氏のゆかりの寺まで坂を登って足を運ぶと、境内に宗祇の歌碑があり、なぜここにとしばし首をかしげてから、あの人は旅の内にこの湯本の地で亡くなったのだったと思い出して、碑の前にしゃがみこんで、苔を払ったのではないが、世にふるもさらに時雨のやどりかな、と三十一文字《みそひともじ》を苦労して読んだのはしおらしいが、あれは墓でないので墓参りでない。知らずに行き着いたところだ。その日は時雨を思うどころでない初夏の炎天だったが、帰りの車窓から丹沢の山にしきりに立つ白雲を眺めて家にたどり着くとまもなく、烈しい雷雨となった。

この奇遇に多少は心を残したものか、その後も幾度か夜の寝覚めに、丹沢の大山《おおやま》の麓の寺に心敬の墓があるとか聞いていたので、この年になれば柄にもないと遠慮することもなかろうからひとつ参ってみるかと思い立ちかけたが、行き帰りの難儀を考えてすぐに取りさげた。心敬ならば花の盛りの、散りかかる頃を思ってもよさそうなものを、冷たい風の吹きつける野を、杖をたよりに行く自分の姿を、そのつど浮かべていたものだ。

親の墓は富士の山麓にある。無数の人の墓が並んでいる。親たちにとっても生前、無縁の土地だった。末男の私の入るところではない。自身、墓というものを持たぬことに定めている。どこに葬られようと、いずれ無縁の地である。それでも、
　秋風や藪も畠も不破の関、と芭蕉の句を聞けば、私の内にも秋風は吹き抜ける。美濃の不破は私の父祖の地になる。私も自立して世帯を持つまでは不破郡垂井町に本籍はあった。そのことをいつだか人に話すと、あの辺は冬に雪が深くて何度か新幹線で往生させられた、と苦情みたいなことを言われたものだ。代々の墓も不破の関の跡から東へ隔たるが、南宮神社の近くにあった。そこへ私は幼年の頃はいざ知らず、学生の頃に一度きり、父親に案内されて参ったことがある。名古屋のほうへ単身で勤めることになった父親を見舞ったそのついでのことと思われる。たしかあたりに野や畑がひろがり、春先ながら冬枯れて、雲は低く垂れ、雨もよいの風が渡っていた。先に立って行く父親はしばらく会わぬうちに背がまるまり、足もともたよりなく、しきりに咳こんでいた。今から数えれば五十代のなかばであり、いっときの衰えだったようだ。
　墓は思ったよりも小振りで、そのことに安心したような覚えしかない。そそくさと引き返す道に、古ぼけた屋台のような小屋が突き上げの板庇を降ろして、ひとり風に吹かれていた。父親はそれに目をやり、花見の頃には人が出盛って、あそこで田楽を

焼いているんだがなあ、と心の残るような声で言った。

先のほうを行く人の姿が樹間に遠くなったり近くなったりする。あやしむうちに、何のことはない。あちらが急な登りにかかれば距離は詰まり、こちらが急な坂に難渋すればまたひらく。それだけのことだった。山道を登りはじめてから一時間あまりになり、初めの疲れが出て、目を足もとに落としがちになっていた。それにしても、このあたりに来るまでに脇から合わさる道はなかったはずであり、いつからあの姿は目に入っていたのだろう。

三月の初めの、高くもない山の、峠へ向かう道だった。杉のほかには枯木の林ばかりが続いて、薄曇りながら陽差しの洩れる春めいた日和に、枝々の芽はまだ固いようだが、発芽らしい匂いがそこはかとなく漂っている。風もない。背がうっすらと汗ばむにつれて、歩きながら睡気がかすかに差してくる。山本に着くまでに閑がかかったので、正午に近くなっていた。

年寄りだとやがて見分けた。多少は山歩きに馴れた二十歳過ぎの青年と、同じ間隔を保って行くのだから、よほど健脚である。蟹股の足腰はしっかりと定まって歩調に揺るぎもない。長年の労働に鍛え抜かれた身体と見えた。茶の頭巾のようなものをかぶり、肩から背へ斜めに風呂敷包みをまわしている。着ているのはくたびれた洋服のようだが、足もとは地下足袋だった。初めは草鞋《わらじ》かと思われた。敗戦から十年を越したばかりの当時、草鞋はまだ沢登りなどにも使われて、麓の里の店の軒などに吊して売っていた。しかし臑《すね》に巻きつけている紺の物は、たしかに脚絆《きやはん》である。人生五十年とまだ言われていた頃のことで、今から思えば六十代だったか。

枯木の間に見え隠れに着実に登る脚に、こちらも間隔を保って歩調をまかせることにした。ひとりの山歩きは先を急ぐつもりはなくても、あたりが刻々と静まってくるように感じられると、つい足を速める。それで間違いのあったことはこれまでになかったが、紛れようもない道をはずれかけて立ちどまり、落葉に埋もれかけた杣道《そまみち》へ、だんだんに細くなる道へ、なかば気がつきながらよけいに投げやりな足取りで分け入って行く自身の背を茫然と見送るような、あぶなげな境のあることは知っていた。それにまた、先を行く年寄りに導かれるかたちになってみれば、この道はよそから来た者のための道ではないように感じられた。

古くからの道であるらしい。長年にわたって年々の落葉が厚く積もり、濡れて朽ちて腐植土となり、登山者の固い靴底に荒らされず、やわらかな履物にほどほどに踏みしめられたようで、深い弾力が足もとから膝へ伝わってくる。昔から峠のあちらとこちらの、地元の人たちが間遠ながら折り折りに往き来する、たずねたりたずねられたりする道であったのではないか。先を歩く年寄りも何か用を足しに行くか、足して帰るところなのだろう。あるいは峠のこちらとあちらと、古くから通婚圏の内にあり、あらかたは遠い近い縁者どうしであったのかもしれない。幾代にもわたり、花嫁が親たちにともなわれてこの道をたどった。若い嫁の里帰りの道でもあった。あるいは身重のからだを、人に手を添えられてそろそろと運んでいく。やがて首も据わった乳呑子をおぶってもどる。子が育てば、節供の頃の見舞いもあっただろう。

　そんなことを思ううちに、通り過ぎるその背後から枯木の間に、見なかったはずの、辛夷《こぶし》の花がつぎつぎにひらいて、あるかなきかの風を受けて白く舞い、足もとから、踏みしめるにつれて、人肌の匂いがほのかに昇ってくる。せっかくの甘いような幻覚を乱したくなくて、先を行く年寄りの、老いて男臭い足脚の踏んばりに目をあずけながら、峠のあちらもこちらも男が柱なのだろうが、家々の存続のためには、女人の胎《はら》を中心にして、暮らしはめぐってきたのではないだろうか、とまた遠いことを思った。しかし長年の間に通婚の往来が重なれば、方角を多少ひろげても、血は煮詰まってきはしないか、とやや暗いほうへ立ち入った。

　それにひきかえて、今の大都市に住む若い自分らは、異性に出会おうと親しもうと、どこか自分の知らぬところでその人と血が交わっているのではないかなどと、途方もないことを疑わなくても済む。しかし自身は東京流入者の二世にしても、親たちは同県人であり、父母の里は流域を異にして遠く隔たってはいるが、もしも街道に依らず谷から谷へいくつかの峠を越せば、さほどの無理もなく往来できる圏内に入るのかもしれない。通婚の道は重なりやすいとも聞いた。自分とはまるで違うのにどこか似ている女に、訳も分からず惹かれるものだ、と苦い顔でつぶやいていた高年の人もいた。

異性とのことはおろか、一身の内の血の重なりのことすら、ついぞ考えたことがない。考えなくてもやって行けるのだから気楽なものである。しかしそのかわりに、昔の二十歳過ぎなら嫌でも血縁の重荷を背負いこまなくてはならぬ年であっただろうに、まるでどこの馬の骨とも知れぬような了見でほっつきまわってやがる。そう自嘲したつもりが、先を行く足音ばかりが聞こえるような山の静まりの中で、骨という言葉がこたえた。この道で行き倒れになった人の、白骨を思ったのではない。地元の往来の道だからいくら何でもそこまで捨て置かれることはないだろう。それよりも、峠越えは吉事の折りばかりでなく、むしろ凶事の折りのほうが多かったのではないか。急な報らせに駆けつける。野辺送りもすませて、あれもとうとうあちらの墓に入ったか、とあわれみながら帰る。法事のたびに、道も歳月も遠くなる。

日頃は考えもつかぬ事を思ったきり、またうつむきこんで歩きつづけた。下腹から足が重だるくなり、ひどく暗いようでもあり、異性の近づきに触れた時のようでもあり、登りがひとしきり急になったところで苦しくなって立ちどまり、しかし吉事も凶事も、人の生まれるのにまつわる事も、人の死んだのにまつわる事も、同じように暗いのではないか、よろこびもおそれも根はひとつに合わさるのではないか、とまるで終日考えた末のように目をあげたが、自分でもあまりにも唐突で、とても考え抜けそうにもなく、ただ咎めの声を聞いたように、暗いものに背を押されぬ男女の接近は、何者どうしのことなのか、とつぶやいて前方を仰ぐと、枯木の梢の上に空がひらけて、風が渡ってきた。

まもなく峠に出た。ここまで登って来たのが嘘のような、小広い窪地めいたところだった。斜め右手へ見晴らしがひらけ、谷に沿ってゆるやかに続くのが麓の里へ向かう道らしかった。あの健脚からすれば年寄りはとうに峠をくだって、山の隈《くま》をまわって姿も隠れたことと眺めやっていると、背中から声をかけられた。

――うしろからついてきたな。

木陰に入って石に腰をおろしていた。話しかけておきながら、振り向いた若い男の顔を見ようともせず、谷のほうへ目をやったきり、煙草をふかしている。よそから来た者をうとむ様子も見えなかったので、おかげで道に迷わずに済みましたと挨拶すると、迷うような道ではないな、たまにおかしくなるのも、おることはおったが、と涼しい声で答えて、こちらを向きもしない。黙りこまれて身の置き所もなく、用もないのにこの峠まで踏みこんだところをやはり見咎められた気がして、離れたところに転がった石に坐ると、おのずと膝をすぼめて、小児の腰掛ける恰好になった。

さわやかな風が額を撫ぜる。谷は遠くへかけて霞んでいる。沢音の中から鳥の声が耳についてきた。静かですね、と間を持たせると、昔は谷のそこかしこから、木を伐る音が立ったものだ、と年寄りは答えてまた黙りこんだかと思うと、いきなりたずねた。

——女を知っているのか。

返答に困っているとそれ以上は追わず、目もさらにくれず、谷のほうへなにやらつくづくと見入っている。若い男をからかうような口調でもなかった。さてはうしろから来る若い男の、鬱屈した臭いに辟易させられたか、といまさら気がひけたが、途中、追い風ではなかったはずであり、後から来る者の体臭が先へ行く者に届くわけもない。しかしいましがた、お前は一人前の男なのかと訝られたようにとっさに取ったのは、ここまで来る間に、およそ日頃の身にそぐわぬ、血縁の重荷のことなどを考えていたせいらしい。年寄りはゆっくりと煙草をふかしている。長くなった灰が落ちようともしない。手先が静まっていた。

そのうちに無言にも馴れた。これにくらべると平生、とかく人との間に沈黙のはさまるのに苦しんで、時には怖れるようになる。横顔からも強い骨相を見せて、老人は腰をあげそうにもない。長くなった煙草の灰が折れて膝に落ちたのを払おうともしない。もしも煙草をしまえて弁当をひらいたら、こちらも途中の駅で買ってきた弁当を取り出すことになるのだろう。見も知らずの老人と山の上で、離れながら一緒に、たがいに黙って弁当をつかうことになろうとは、思いも寄らなかったことだが、こうしていると、そのために峠まで登ってきたような、ほかに用もなかったような気もしてくる。

谷の鳥の声がふっと一斉に止んだ。その絶え間へ耳を澄まし、静かさのきわまった心から、谷をくだる水の音が遠くまで聞こえるようですね、と声がひとりでに洩れた。返事はないと思ったら老人はだいぶ間を置いてから、それは谷の曲がり目にかかるたびに、淵に堰かれて早瀬となって落ちるからな、とすこし仔細に話したので、夜には麓でも耳につくのでしょうね、とあらためてたずねると、峠を越す音も聞こえるな、と老人は事もなげに答える。

——風の音ですか。

——風の絶えた夜のことだ。

——何かしら。

——人の声だと。頭のおかしくなった女の言うことだ。

——夜の峠を越す人の声ですか。

——里は静かでも山の騒ぐ夜もある。風が狭いところを吹き抜ければ、人のほっそりと唄い出す声に聞こえないでもない。

そう言って火の尽きた煙草を捨て、そそくさと浮かしかけた腰を半端なところからまた石の上に沈め、ここを越すたびに年を取るな、とつぶやいて左の掌をじっと見ていたが、すっかり遅くなった、もう一軒立ち寄ったのがよけいな手間だった、ともう独り言になり、今度はきっぱり立ちあがると、ではとも言わず振り向きもせず、谷への道をすたすたと降りて行った。

ひとりになった。老人の腰をおろしていた石の上をあらためて眺めると、左の脇のほうに、掌の内におさまるほどの小石がある。そこに置かれたように見えた。黒く脂光りするまるい石だった。手に取れば温《ぬく》みが残っている。老人が登る道々、しっかりと握りしめていたように思われた。しかし忘れて行った人を追おうにも、あの速足ではなかなか追いつけそうにもない。はるかうしろから大声で呼びながら走るのも、物狂わしい。それよりはこの日のささやかな記念《かたみ》に持って帰ろうかと考えたが、間違いもあることだろうからと思いなおして、石を元のところにそっともどし、腹もまだすいていないので、もうひとつ先の峠を目あてに、尾根づたいの道を取ることにした。

梅雨のおとずれ

眠れぬままに迎えた夜明けに、雲が低く垂れてまだ薄暗い南おもてのテラスに出て、何を考えていたでもないのに頑固な不眠だと呆れるうちに、目の前に繁る木の葉がさわさわと鳴り、細い雨が降り出した。もう梅雨の走りか、と感慨でもありげにその音に聞き入るにつれ、頭の内がほぐれて、睡気が差してくる。

脇を通る路から、この時刻に出かける人の、白っぽい傘が近づく。ひらいたばかりの傘のかすかな揺らぎに早朝の人の、まだうっすらと寝起きのなごりを引く足取りが見える。昔の光景を見るような気もして、木陰に傘の隠れるまで目でたどり、息をついて腰をあげた。寝床にもどるとやがて眠った。

一睡もしなかったように思っていたけれど、長い時間、じっとしていられたところでは、ときおり昏睡しながら覚めれば頭の内が痼《しこ》っていたのだろう。眠りの内にも流れるはずの時間が滞っていた。時間こそ痼っていたようだ、と眠りこむ前に思った。

炬燵に入って仰向けになった子供のそばに、青年は兵服のまま片肘をついて添い寝してくれた。陽の淡い初冬の日曜日の午後のことだった。子供はまだ国民学校へ上がる前の、午睡を欠かせぬ幼児だった。戦争は始まっていたが、本土には空襲の恐れも遠かった。青年はその前夜にこの家を訪れたが、子供はもう眠っていて知らずにいた。翌朝になり、そのことを聞いて子供は口惜しがって泣き出した。親たちはそれを見かねて、青年はほど遠からぬ町に住んでいたので、小学生の兄が迎えの使いに出された。門口に足音を聞きつけて子供が庭から駆けて出ると、青年は直立不動の姿勢を取って敬礼して見せた。子供は飛び跳ねて喜んだ。召集されてほどない陸軍二等兵、まだ二十歳ばかりの青年だった。

その午後のことになる。炬燵で子供に添い寝しながら青年は昨夜ここの茶の間のラジオで聞いたばかりの、落語の寿限無《じゅげむ》の話をしてくれた。よほど丁寧に繰り返し聞かせたようで、子供はあのジュゲムジュゲム、ゴコウノスリキレで始まる長たらしい名前を口移しに、誦えられるようになった。

それから子供は軍歌を所望した。青年は片肘をついたまま低い声で、ここは御国を何百里、離れて遠き満州の、赤い夕日に照らされて、と歌い出した。柔らかに溜めていても、若い張りのある声だった。長い歌なので、聞きながら子供は眠りこんだ。目を覚ますと青年の姿は家になかった。子供の眠ったのを見て腰をあげたらしい。その足で兵営へもどったのか。それきり、戦地から還らなかった。私の家も戦災に焼かれて土地から流れ出したので、青年の戦死は敗戦後に人伝てに聞かされただけで、何時何処のこととも知らずじまいになった。

炬燵に温もった青年の兵服に染みた、革のにおいが今でも鼻の奥にふくらむ。

美濃になる私の母方の里の家の門は長いゆるやかな坂の途中にひらいている。その坂をある日、敗戦の年の晩秋の頃だったか、復員兵らしい男がゆっくりのぼってくる。たまたま門のところにいた家族のひとりがその姿を目にとめて家へ駆けこんで報らせると、家の者たちは顔を見合わせた。待つうちに男は門をくぐり、庭を横切って、表口に立った。直立不動の姿勢を取ったのだろう。この家の三男、私にとっては母方の叔父の、髪と爪とを届けに来た戦友だった。終戦の間際に腸チフスで亡くなって、上海の郊外の、楊の下に埋葬されたと伝えた。二十代のなかばを越えようとする年だった。

その報らせが都下に身を寄せていた私たちの家に届いたのは、いまさら電報でもなし、郵便事情の悪かった当時でもあり、それから十日も経った頃になるのだろう。

寒々しい西日の射す窓の前に母親は立ったきり、便箋を握りしめた手がわなわなと慄えていた。戦前に叔父は予科から大学まで、東京の私の家から学校にかよっていた。二・二六事件の時には予科の学生で、どんな様子かと仲間と連れ立って見物に赤坂あたりまで行ったところが、剣つき銃を構えた兵隊におどされて退散してきたという。私の生まれる前の年のことになるが、物心ついてから私は大学生の叔父に何かと可愛がられた。叔父にとっては姉の末の子になる。

まだ二つ三つの頃か、朝の床からひとりで起き直ったはいいがまだ目が覚めきらずぼんやりと坐りこんでいる私を、叔父は居間から目にとめて、両脚をひろげて手で畳をかきこみ、ぴょんぴょんと跳んできて、抱きあげてくれた。また四つ五つの頃になるか、日曜日の家族たちの朝寝の間に私がひとり目を覚ましてもそもそしていると、叔父がそっとそばに来て手を取って起こし、着替えさせ、雨戸を一枚だけ繰って庭に降り、家から子供の足には遠い池まで、途中わざと物陰に隠れて探させたりしながら、連れ出してくれた。

その叔父の姿がいつから家の内から見えなくなったか、大学を卒業して郷里へ帰ったのだろうが、覚えがない。神戸のほうへ養子に行ったことも、兵隊に取られたことも聞かされていたが、それぞれいつのことか、それも覚えがない。それからほどなく

――とそう感じられる――ほどなく東京に戦災が迫り、再三の遠い近い大空襲の末に、敗戦の年の五月の末に、私の家も失われた。逃げた先の父親の実家も七月の末に焼かれ、母親の里まで落ちのびることになった。そこで終戦を迎えた後、里の家族たちはときたま、暑苦しい午後などに、敗戦の徒然をもてあましたか、この家の三男の消息が知れぬにしては、きわどい戯れをしたものだ。

大き目のボタンに糸を通して、古い写真の人の顔の上に垂らす。物故の人なら、ボタンは動かない。存命の人なら、輪を描いてまわる。物故か存命かは誰も知っていたので、人の安否を占うということではなかった。あくまでも遊びだった。ところが、そのうちに出征の折りの叔父の、軍服軍帽の姿で家族に囲まれた、記念写真が持ち出されるということがあった。誰がやっても、ボタンはやすやすとまわった。順番で私もやらされることになった。共同の儀式のようなもので、何心もなくひきうけたところが、叔父の顔の上に垂らしたボタンは動かない。まわりの眼がこわばりかけた。その頃になりボタンはわずかずつ振れ出して、やがてまわった。誰がやったのよりも元気よく、くるくるとまわった。

なにか懐かしいような情景に惹きこまれるたびに、自分がいま無事でいて、ここでこうして眺めていることを、ひそかにあやしむような子供だった。のちになり、叔父のとうに亡くなっていたのをつゆ知らずにいたことが、そらおそろしく思われた。

あれは敗戦の翌年の秋になるか。すぐ近所に海軍帰りの青年がいた。さしあたり職には就かず、焼け出され者の仮住まいに親たちと一緒に暮らしていた。口数のすくない人だった。物腰も重たくて、背をまるめ気味にしているところは復員軍人らしくも見えなかった。この人がときおり正午前の日溜まりに太い腰でしゃがみこんで、大工仕事をしている。ありあわせの板を集めて箱やら台やら、小さな腰掛けのようなものもこしらえる。日用の物すべてに不如意の頃だった。道具も金鎚と鋸ぐらいしかない。その仕事ぶりがまたいかにもしんねりとして、のろいほどだったが、要所要所、材を合わせて釘を打ちこむ時などに、きっぱりとした手際《てぎわ》を見せる。それにひかれて子供はそばにちんまりとしゃがんで、黙っていつまでも眺めていた。青年は子供の存在など眼中にない様子だった。どこぞの犬が何となく慕って来てそばに坐りこんでいるようなものだったのだろう。

そのままだいぶ経って、青年は釘を何本か続けざまに打ちこんで、板と板の締まり具合いをゆっくり確かめながら、空襲で恐い目に遭ってきたんだってね、とこちらへ目もやらずにたずねた。子供は黙ってうなずいた。どこかで小耳にはさんだのを、子供のくせにしなびた様子を目にして思い出したらしい。それ以上はたずねそうにもなかった。ところがまたしばらくして、やはり手もとに目をやったきり、潜水艦に乗っていた、水兵だ、海行かばの、とつぶやいた。潜るとのろいものなんだ、潜水艦は、と息をつく。海上から敵に追いまわされると、もう手も足も出ない、海の底にできるだけ深く沈んで息をひそめている、敵の放りこむ爆雷が海中で炸裂するたびに、艦は揺れる、水圧を受けて、ぎしぎしと軋む、声を立ててもならない……。

話しながら釘を手際よく打ちこむ。何を考えていたの、と子供はようやくたずねた。何も考えていなかったな、考えると叫びそうになるので、と青年は答えた。それきり二人とも黙りこんだ。何事もなく晴れた空へ、金鎚の音が冴えてあがる。釘が利いてくると、囀《さえず》るような声になる。しゃがみこむ子供の項《うなじ》を陽がかりかりと炙る。耳が痒くなり、垢が溜まっているように感じられた。

死者はいつまでも若いと言われる。高年で亡くなった人であっても、それ以上には年を取らない。年の取りようもない。まして若くして亡くなった人は生き残った者にとって、あるところまではともに年を取っていくようにも感じられるが、老年の境から、年の坂をしりぞいて行くように、若いままに留まる。とりわけ戦乱に果てた青年が若いままに留まっているのを振り返って見れば、自分はここまで何を思って生きてきたのか、と悔いのような念がまじる。知る知らずにかかわらぬことなのかもしれない。死者たちが生者の知る知らずを超えることもある。

晴れた秋の空へ鉄の音を響かせていた青年は危地をわずかに逃れてきた側になるが、どうせ聞いてもわかるまい子供を相手に、あの問わず語りのつぶやきは、現在は現在でも、海の底に刻々とうずくまって息をこらしていた、過ぎ去らぬ現在から出たものではなかったか。生者と死者との境目からとも言える。ほどなくその一家はよそに越して行ったので、私にとってはそれきり、また知らぬ人となった。

戦病死した叔父は、その神戸の養家も本籍は美濃にあったので、中部の連隊に所属したようで、生前の叔父との約束を果たしに来た戦友はおそらく、阪神のほうの戦災の激しさを耳にして養家を探しあぐねるのをおそれて、実家のほうに髪と爪とを届けることにしたと思われる。叔父には子があった。赤児の内に、父親の出征中に亡くなった。その死を叔父は戦地にあって、知らされていたのか。あるいは、生まれた子の顔も見ずに戦地へ送られたのか。そのことも私は知らぬままになった。還暦過ぎで逝った母親にもたずねずじまいになった。戦災の傷手をもろに蒙って戦後も立ち直りかねた家だった。過去のことをつぶさに話すような家ではなかった。

炬燵に添い寝してくれた青年のことは、何時何処で果てたか知らぬばかりか、あの日子供はあれだけ懐いていたのだから、それまでにいろいろな経緯が、さまざまな姿や情景があったはずなのに、その一片も浮かばない。あの日曜日の、半日とも言わず、正午をはさんでわずかな間のことしか、後の記憶に遺らない。老いの夜の床から思ううちに、若い深い声と、兵服からふくらむにおいだけになり、それもやがて薄れて、午後へ傾いた冬の日が、軒の影とともに、障子に差すのが見えるばかりになる。歳月から穏やかに孤立した情景である。そんなものを見るのはあまり吉いことではない、とどこかで聞いたことがある。しかし年老いて病んだ者の、気にかけるところではない。

死者はいつまでも若いと感じる時、そう感じる本人は、老いたには違いないが、内実どこに、どの年に、どの現在にいるのか。

午睡から覚めた子供は、家の内ががらんとしてさびしくなったのを感じたようだが、これきり青年と会えなくなるとは、知らなかった。子供の眠ったのを見て立ちあがった青年も、この子が火の間を奔ることになるとは、知らなかった。最期の際《きわ》に、さまざま頭を横切る記憶の中に、子供に添い寝した午後のことが一片でも混じったかどうか。子供も防空壕の底にうずくまって、すぐ頭上から敵弾の落下音の迫る瞬間、青年の顔が頭を横切ったかどうか。危機の中ではその場にそぐわぬ長閑なことを思う。しかし思ったとしても、次に来る恐怖を待って、跡形もなく失せる。いつまでも若い死者を見る生者の心は、歳月に侵蝕されてもその奥底では、死者を最後に見たその現在に留まっているのではないか。お互いにわずか先に定まっていた死地を、人の身のこととしても、我が身のこととしても、知らずにいたその境に。

生まれて来なければよかった、とは人の悲歎のきわみの叫びとされる。より痛切には恐怖のきわみの、死の際にまで追い詰められた者の呻き、いや、呻きというよりはつぶやきである。切羽詰まっているのに、妙に安穏な日常の声のように、頭の中にぽっかりと掛かる。その長閑さのあまり、狂奔のけはいをふくんで、恐怖をさらに振れ動かす。そのまま果てた人と、生きのびた者と、その間にひらいた淵は越えられない。しかし生き残った者の内にも、死に瀕した境にあった自身の、呻きかつぶやきかは後まで遺る。生きてあることの安堵がことさらに身に染みる頃に、おもむろに底から押し上げる、すでになかば死者の声のようになっている。

穏やかな午後に添い寝をされて炬燵に温もる子供の自足にも、老いて眺めれば、障子に傾きかかる日の影とともに、それからわずか何年か後に防空壕の底で、生まれて来なければよかったとつぶやいた、その翳が差しているようにも感じられる。人の運命のことも我が身の危機のことも、知らなかった。是非もないことなのに、つゆ知らずにいたということは、死者の沈黙へ通じる。

死んでもいいから、早くやってくれ、と少年は答えた。まる二十四時間も間断なく腹痛に苦しんだ末のことだった。再手術が必要だが、今度はまともに腹を開くことになるので、生命はかならずしも保証できない、と医者に告げられて、親は少年に因果をふくめた。少年はとにかく麻酔によって楽になりたいの一心だった。死にやせん、と押っかぶせた親の声も、向こう岸のものに聞こえた。

戦後八年目の春先、十五歳になっていた。新制の中学校を卒業する間際にあたり、戦災の後遺症らしく何かと病みがちだった子供がようやく元気になったその矢先のことだった。まず二月も末にかかる朝に腹痛が来た。仰向けに寝てもいられず蒲団の上にうずくまってこらえるほどの激しさになったが、親たちが医者を呼ぶ相談をするうちに、痛みはおさまった。その小康を親たちは後に悔んだ。そのまま日中は昏睡して暮れ方に目を覚ますと、疼きが腹の全面に張って、這って動くのもやっとになった。医者が呼ばれて、虫垂炎をこじらせたと診断され、即刻入院となった。迎えの車《タクシー》が着いたので支えられ起きあがり、一歩ごとに苦悶に耐えて玄関口へ足を運ぶその間、あたりを見まわすゆとりもなかったろうに、宵の口の家の内の、妙に閑散として、ひと気もないような光景が後まで目の内に留まった。

最寄りの駅の近くの、入院と手術の設備はあるが、二階建ての木造モルタルの、町の病院だった。入院には寝具一式を積み込んで行く時世だった。近間ならば病人をリヤカーに乗せて来たりする。ひとりで蒲団袋を担いで来る者もあるとか聞いた。車で十分ほどの道を呻き続けた末に、病院の玄関からすぐに一階の手術室に運ばれ、腰椎麻酔を打たれて楽になった。手術中は腹のほうで何をされてるかもわからなかったが、細いなりに透明な意識はあった。手術後に担架で階段を運びあげられ、途中から折れる踊り場のところで、担ぐ人たちが声を掛けあいながら、ゆっくりと向きを変えられた。病室に落着いて、太腿にリンゲル注射を刺され、足もとに湯タンポを入れられた。

虫垂がすでに破れて、膿が腹中に洩れていたと聞かされた。洩れた膿は丁寧に抜き取り、用心のため、右の下脇腹の切開口から管を通して外へ逃がすようにしておいたので、大事には至るまいということだったが、その後も熱は引かず、腹がまた張るようになり、一週間ほどもして腹膜炎の徴候が出てきた。抗生物質はあるにはあったが後の世ほどに発達していなくて、持続してほどこす点滴というものも備わっていなかった頃のことで、死病とされていた。

ある日、胃の口から痛みが始まった。激痛ではないが、固く張った腹に、腸の内をガスが動くたびに、重い疼きがひろがる。それが間断もなくなった。鎮痛剤も利かない。呻こうにも腹に力が入れば疼きは鋭くなりかかる。ただ息をゆるく長く吐いて疼きをすこしでも出し抜くよりほかにすべもない。いつ果てるともない刻々の苦しみとなった。

それでも疲れ果ててしばらくはまどろむ。身をすこし離れたところから疼きにうなされるような眠りだった。やがて起きあがる。病院を抜けて夜の道へ出る。ひきつづきうなされながら、背も腹もやすらかに伸びて、家のほうへ向かっている。ゆるい長い坂をのぼり、右手に十段ほどの、腐れかけた石段の見えるところまで来る。そこをあがり右へ折れて、鉤の手に左へ折れれば、家がすぐそこに見える。それなのに石段の下に立ったきり、入院の晩の家の内の、ひと気もないような光景を浮かべるうちに、腹の疼きが差しこんできて目を覚ます。同じことが一夜、幾度となく繰り返された。

翌日にも苦しみは、家路をたどる夢は見なくなったが、終日続いた。よくも耐えたものだと思われるが、さすがに消耗して感覚も鈍くなってきてはいたのだろう。晩になり医者は再手術に踏み切った。手術は腸の内壁から大量の血膿を抜き取って、開腹には及ばなかった。また担架に運ばれて病室に落着くと、病人は笑っていたという。固く張ったきりだった腹がすっかり平らたくやわらかになっていた。

　面変わりしていたので、これはと思った、と家の者はのちに話した。しかし本人は再手術の後のほうが心身ともに衰弱したように感じていた。熱は引ききらず、腹にかすかな疼きが残った。そのうちに振《ぶ》り返しの徴候が出て、三度目の手術となった。これは緊迫した手術でもなく、少々の血膿が取れただけだったが、病室に憔悴しきってもどって来た。それからは、昼間はとろとろと過ごして、夜には寝つかれぬようになった。

　せっかく寝ついたのが、腹の疼きかかるのをひっそりと感じはかるようにして目を覚ます。もしも腹膜炎が再発したら、今度こそ助からない、あの苦しみにはもうこらえられない、と妙に淡々と考えている。空襲から逃がれてきたけれど、ここで捕まることになっていたのか、とすでに済んだことのように思う。気がつけば、腹の疼きもないのに、低く呻くような息づかいをしている。ある夜、気づいたのを境に止んだのにしばらくするとまた始まったその息づかいに自分で耳をやっていると、それと重なって廊下のほうからも、呻きらしい気配が伝わってくる。そうなのだ、呻かずにいたから助ったのだ、呻いたら最後、息が走って、気が狂って、心臓も破れるところだったと思いながら、まだ寝惚けていたせいか、自身の息とも人の息ともつかずにいるうちに、そのままだいぶして廊下から、何人かして重いものを運び出す、ひそめた足音が聞こえた。廊下を遠ざかり、階段を降りて途中の踊り場で、低い声を掛けあいながら向きを変えるところまで、耳でたどれた。

向かいの病室の同じ腹膜炎を病む二十歳ばかりの青年がその夜半に息を引き取ったと知らされたのは何日か後のことになる。聞いてすぐに思いあわされたが、しかしあの夜、人の足音が階段の踊り場あたりから消えて、あたりがひときわ静まった後も、かすかに続く呻きをしばらく、眠りこむまで耳にしていた。

夜には寝床から耳ばかりで見るような存在になっていた。昼間は手洗いへ通うようになったが、足はふらつき、腹をかばって背をまるめこんでいるので、あたりを見まわすゆとりもなく、夜の寝覚めには昼の憶《おぼ》えも失せて、耳にたよるほかにない。廊下の床は板敷きだった。人はスリッパかサンダルで歩く。その足音が耳でたどりやすい。遠くまで耳で追っていると、行く人の姿ばかりか、それにつれて廊下の様子まで見えるようだった。

夜中にどこかの病室から子供の泣き叫ぶ声がする。火のついたようになり、やがてあわれな嗚咽となっておさまる。夜明けまで繰り返される。幾夜か続いて、泣き声もやや間遠になった頃に、母子三人心中の、片割れの男の子だと知らされた。病院のすぐ近くの駅の、夜更けのホームから三人して電車に身を投げた。母親は即死、学校へあがるかあがらぬかの女の子は片脚を切断されながら、この病院に運ばれるまで気はたしかで、名前と住所をはっきりと告げてから息絶えたという。三つになる男の子は間際に母親の手が離れたか、あるいは母親がとっさに突き放したか、ホームのほうへ叩きつけられ、首を強く打ちつけたが、命は取りとめた。

母親は肺を患っていた。二人の子を連れて私鉄でやって来て国電のホームへ渡る途中で、母親はしゃがみこんで泣き出したということまで、女の子は息を引き取る前に話したという。どうして泣いているのと声をかけたそうだ。最期までけなげに母親に付き添っていたらしい。

男の子には老女が病室に泊まりこんで付き添っていた。夜には子供に添い寝していたという。祖母かと思ったらそうではなく、その家に長い縁のある他人だと聞いた。この老女も若い娘の頃に、本人の話すところでは、将来に思い詰めることがあって飛び込みをはかったところが、気がついてみれば、進入してきた電車と並んで、死物狂いに駆けていた。こんな婆々がまだ生きているのに、いくら因果でも不憫で、と子供を眺めていたという。

夜中に立つ子供の泣き声に、十五歳の少年の内からも応えて泣き出しそうになるものがあり、見知らぬところへ目を覚ましてさぞや怯えていることだろうと思いやった。そのうちにさらに因縁のように、不幸な一家の住まいが、自身の生まれてから焼け出されるまで暮らした私鉄沿線の、ほど遠からぬところにあると知らされた。母子三人のたどった、自宅の最寄りの駅から、終着駅の長い連絡通路を抜けて、現場に至るまでの道も思い浮かべられた。途中で母親がしゃがみこんで泣いたというその場所も、見当がついた。

その界隈に一家は古くから住みついていたとも聞いた。それならあの夜のあの空襲に、家は焼かれたにせよ助かったにせよ、見も知らずの間ながら同じ恐い目に遭ったことになる、と母親を求めて泣き叫ぶ声へ耳をやるうちに、あの子はまだ生まれてもいなかった、といまさら気がついた。母親と運命を共にしたかしこい女の子も母親の胎内に萌していたかどうか、と数えると、生まれ来るということがそらおそろしいことに思われ、なにか得体の知れぬ長大な物の、底知れぬ沈黙を生身の口にふくまれたように喘いだ。

ほどなく朝早くから子供の、廊下を走りまわる足音が聞こえるようになった。嬉々とした声も立つ。こちらの部屋へ駆け込んでくることもある。目が合うとにっこり笑って、あちこちをいじくりまわす。まる坊主の、まんまるの顔の、首はすこし片側に傾いでいるが、小さな地蔵さんを思わせる子だった。首のほうは、聞き分けがつくようになればどうにでもなおせると医者は言っていた。少年のほうもその間に、ある夜、原因不明の高熱にうなされたのを境にして、日に日に快方へ向かっていた。手洗いに通う足の運びはまだたどたどしかったが、腰はまっすぐに立って、いつのまにかひょろりと伸びたような背丈からつくづく見わたせば、あたりは夜の寝床から耳でたどっていたのよりもはるかに狭まかった、よほど長い廊下と思っていたようだった。それにつけても、病状のまだ一進一退だった頃に、付き添いに来ていた家族が暮れ方の帰り際に、明日もまた誰かが来るねと言った、その明日ということの遠い近いがとっさにつかめなかったことが思い出された。表は雪、と人におしえられて、見えないものは言われても仕方がないとつぶやいたのはついこの前のことのようだったが、花がちらほら咲き出したと聞いた。

三月末の中学の卒業式にも、まだ募集の残っていた高校の受験にも、病院から出かけて病院に帰った。退院は入学式の前々日になる。片道一時間あまりの通学は苦にもならなかったが、体操の時間は見学にさせてもらった。しかし五月には跳び箱をかるがると越せるようになり、夏には小説などを読み耽ける少年になっていた。結核の臭いのするような小説を集めた、これも結核の臭いのするような紙質の本だった。

その結核の特効薬とやらの出まわりかけた頃になる。折りから半島の動乱も一応の終息を見て、国の安堵の時期にあたる。しかし年頃にかかる少年たちは微熱がしばらくでも続けば、いよいよ肺病かと疑って、やや深刻に悩んだ。十代の自殺者の話も伝わってきた。自身、再手術の際には大量の輸血を受けている。家族からもらう分だけでは足りなくて、売血を買った。まだそんな時代だった。

死の翳のようなものが、自身の内からだけでなく、世の中から引いている、と驚いて春先の街を眺めたのは、それからまた何年かして二十歳にかかる頃だった。つい去年あたりまでは戦中戦後の無数の死者の翳が、それどころでなく駆けまわっている人の上にも、ひとりでに掛かっていたように、いまになり感じられた。ありがたいことだが、この現在のほうが実相ではなくて一時の仮象なのではないのか、とまたあたりを見まわした。

今年は六月になって早々に梅雨入りが報じられたが、その後いつまでも、曇りがちではあっても雨の降り続くということがない。聞くところによれば、梅雨入りの発表はあくまでも事前の予測であり、年々に記録される梅雨入りは事後に定まるのだそうだ。それはそうなのだろう。古代の神託や預言の意味するところも、俗人にとっては、事の起こったその後に定まるものだったに違いない。

また昔は年々の暦は御上から賜わった物と考えられていたという。しかし土地土地の民はかならずしもその暦に頼ってはいなかったとも聞く。これもまたそうなのだろう。土地によって季節の移りに違いはある。同じ地方でも地形によって異る。とりわけ農民は暦よりも、草木や風や雲の様子をうかがって、農事の手はずを整えたと思われる。あるいは周囲の自然にもまして、身体の内感によって判断した。それにつけても、歳月を内に積んだ年寄りの指図が重んじられたとか。

季節が人の心身の内まで分け入り、そして姿となってあらわれるということが、今の世にはよほどすくなくなったのだろうか。梅雨時には梅雨時の姿があったものだ。身なりのこととともかぎらぬ。うっとうしい空に感応して、腰から膝へかけてが重たくなる。足腰に不自由のない人にも肉体苦の、存在苦の、翳が差す。わずかに堪えて行く姿に見える。雨に揺れてその苦がほのかに匂うかに感じられる。

今の世の衣服は梅雨時にも表の湿気をそれほど内へ通さなくなっているようだ。昔は雨の中をしばらく行けば、着ている物がぐったりと馴れて、湿気が肌にまで染みてきた。つれて腰がおのずと屈まる。傘を叩く雨の音と、そして湿気に苦しむ肌の匂いばかりになる。今では人の住まいも外へ閉ざされて、雨気の淀む日にどこからともなく夏の花の匂いを漂わせてくるということもない。

花と言えば、今頃は暗く繁る雑木林の下の径に沿って、梅雨時の薄い光に照らされ、紫陽花が咲いていることだろう。五十年近くも年々に眺めてきたが、あれもおそらく、二度とこの目にすることもないのだろう。雑木林のある馬事の公苑が閉ざされた。五輪の馬術競技の会場に指定され、苑内の改造のため五輪の年まで、それをはさんでさらに二年ほど、一般の者には立入禁止となった。五年はおろか、三年先でも、我が身のこととしては、数えられる年ではない。世間の事情により、日常の範囲が狭められるというのも、足腰の弱った身には、辻褄の合った話のようにも思われた。

昨年末を期に公苑は閉ざされたので、今年はそこの梅のほころぶのも、落葉樹の花穂の垂れるのも、桜の花の咲いて散るのも、目にはしていない。藤の花の咲くのも、雑木林に新緑のひろがるのも、ミズキの花の匂いのそこはかとなく漂うのも、知らない。近間ながら遠く隔たった。それなのに、隔てられて半年あまりは、苑内の季節の移りを、昨日今日、長年の習いの正午前の散歩の折りに見てきたような、嗅いできたような心でいた。光景は相変わらず現在のままに留まっていた。

それが梅雨時にかかればさすがに、雑木林の紫陽花もやや遠くにすさり、過去のものに、記憶になりかかったか。しかしゆるくくねる径をたどる目で眺めている。咲きながら朽ちていくような花だ、と眉をひそめて行くうちに、径がくねって異った視角に入ると、雨が落ち出して樹下ばかりに薄明が漂うように、花が一斉に照り渡る。照るあまり白く感じられる。思わず陶酔に惹き込まれかけるが、老年にとって恍惚は鬼門だといましめて、知らぬ顔で通り抜ける。

帰りに同じ道をたどれば、長いこと歩いた末に草臥《くたび》れて目は足もとに落としがちになり、頭も惚けてきたようで、径に沿って花はどこまでも照る。目で見るよりも匂いばかりを分けて行く。それにつれて先は遠くなる。いつか夜になり、自身も床に就いている。帰ると言ってもほかの何処でもなく、あの寝床しかないのに、どうしてこうも遠いのか、とあやしみながら、その背はまっすぐに、やすらかに伸びている。

昨年の秋の盛りから冬にかけては、年内で閉苑と報らされていたので、日々に見納めの心で正午前の公苑へ足を運んだ。楢や櫟の黄葉がやがて赤く焼けて、枯木の林になるまで見つくした。地面に散った枯葉の朽ちて行く匂いも深く吸いこんだ。裸になった樹木の美しさにあらためて感歎した。眺めるというよりも、むこうから入ってくる。いや、こちらが吸いこまれる。そして大晦日の正午前、最後に公苑をひとまわりして、さて、これでよいか、と帰途に就こうとしたところでふっと振り返ると、往年は栄えていたが今ではなかば朽ちた桜の大木が、仏像の立ち姿に見えた。それにつけて思い出されることがあった。四十何年も昔、荒川の土堤であったか、やはり朽ちた柳の木が、見る角度によって、観音の姿になる、という評判が近隣に立ったのを、新聞か週刊誌が聞きつけ、写真入りの小さな記事にして伝えた。そんな時代があったのだ。あの頃には、この桜の木も春には狂ったように咲き盛っていた。自身も毎日、ここを歩くようになっていた。この環境がなければ、心身がここまで持ったことか。しばらく感慨に耽ってから、それにしてもあっさりと見納めたものだ、と笑って帰ることにした。

西国のほうは時折り、所によって大雨と伝えられた。東のほうは曇りがちながら、空梅雨の天気がいつまでも続く。そのうちに七月に入って朔日《ついたち》には朝方から雨が走り、正午前にはあがって陽も差したのが午後から曇って雨になり、しかし暮れ方には晴れあがり、夜更けにたまたま表をのぞけばまた雨になっている。それも長くは降っていなかったようだが、この日を境に、湿気が一段と重く身にこたえるようになった。それから二日の間を置いて夜に小さな台風が南の洋上を通り抜けることになり、これの予徴だったかと思いあわされた。西のほうではまた大雨になったが、私の住まうあたりではたいした雨にも風にもならなかった。かわりに、私の住まいに工事が近づいてきた。

築四十九年にも及ぶ十一階建ての集合住宅の、給排水管の修繕工事になり、七年前には外壁の大規模修繕に半年近くも騒音に苦しめられ、その後に大震災があり、自身の再三の入院もあり、八十に間近い歳になればもう沢山とつぶやきたくなるところだが、先の長い歳の住人もあり、それにあちこちで水洩れを起こしていると聞けば、やむを得ない。放って置けば住めなくなる。老年には五十年近く暮らしていてもどこか非現実に感じられる住まいの、これが現実である。

すでにひと月ほど前に全体工事は棟の西の端から始まり、四、五日ずつかけて東へ移り、南の洋上を台風の抜けたその翌日に、私の住まう東の端の、上下十一階の内まで入って来た。

排水の本管は地上に据えた大きな圧縮機から水やら空気やら、聞くところによれば空気とともに小さな鋼の玉を、圧力をかけて循環させ、管の汚れや錆を洗い流し、叩き落とした上で、内部から塗装を吹きつけるらしいが、各戸へ枝分かれた管は、職人が部屋の内まで出入りしてあたらなくてはならない。上の階の管の手入れにはすぐ下の階の天井を剝がしてかかる。洗面所から風呂場から手洗いまでの一劃が工事現場となる。朝の九時前から暮れの五時過ぎまで、手洗いは使えない。下《しも》の用は各戸に配られた携帯用のものが嫌なら、管理棟の手洗いか、中庭の飯場の脇に仮設された手洗いを使うよりほかにない。それが四日間続く。

早くから詳細は知らされ承知の上のことだった。下の用のことは、携帯はともかく、どこへ通うにしても、いずれ馴れる。子供の頃には十日ほども焼跡で暮らした。若い頃には山にも登っている。中年の頃には砂漠めいたところへも行った。小さな掘立小屋の前に筵《むしろ》のようなものを垂らしたところで大の用を足して出て来れば、肥壺の底にあたるところが砂地の斜面になっていたようで、そこから外へ転がり出た自身の排泄物が、炎天にまともに照りつけられているのを眺めて、これは汚穢を超えていると感歎したものだ。工事の説明では糞尿の臭いの漂うこともあり得ると断わってあったが、その臭いの常にかすかにこもる家屋で育った者である。

しかし朝から日の暮れまで室内に騒音が立って、それが四日も続くとは、さすがに骨身にこたえる。折りから蒸し暑い天候とあいまって、消耗が何日も遺るかもしれない。これまでかなりの騒音にも耐えてきたつもりだが、外から押し入る音に内から拮抗する力が老いて衰えてきている。そこで四日の内、初日だけはこの家の主人ながら、家から逃げ出すことに、早くから決めていた。初日の午後から、家から最寄りの地下鉄の駅の近くの、ステイと呼ばれる簡易ホテルに避難して、翌日は午前の内から地下鉄に乗り、街を半日ふらついて来れば、一日が過ぎる。

ところがその日になり、午さがりの炎天にずるずると家を出そびれるうちに四時もまわり、あと一時間もすれば家の手洗いも平常通りに使える頃になった。外の手洗いを使うのにも馴れた。朝から始まった工事の音にも思いのほか耐えている。室内の混乱をおそれていたが、工事の一劃がビニールでおおわれ、目に立つほどの埃も飛ばない。居住者に気をつかった仕事ぶりだった。ここまで家に居られたのだから、今夜のところは外泊は無用となった。蒸し暑さは刻々とまさり、つれて頭の内も混濁したようになり、こんな状態で年寄りが暮れ方に家を出るというのも、吉くないというよりも、身のほどを踏みはずした行動に思われた。そうは言っても今から宿の予約を取り消すのも悪い気がする。それに今日のところはこの程度で済みそうなものの、明日から工事は本格になるに違いないと考えて、ようやく重い腰をあげ、由なき旅に立つとはこんなものか、とつぶやいて表へ出れば、空はいつのまにか雲におおわれ、まだ薄日が洩れているようなのにいきなり、大粒の雨がばらばらと落ちてきた。炎天に炙られていた路上から、雨に打たれて、暑いような蒸気が立つ。たまらず近間ながら車を拾った。

もう一度制する声を聞いたが、引き返すこともならなくなった。車が南へ行くにつれて雨は本降りになり、行く手が雨脚に閉ざされそうになったが、里分《さとわ》けの村雨のようなものであるらしく、駅前に着いた時には、傘を差す人もあり畳んだ人もあり、傾きかかる夕日の、妙に赤い光があたりを渡っていた。宿はフロントから客室まで簡潔にして合理、部屋も隅々まで過不足なく整っていた。ひとまずソファーに腰を落着けることにして、家から読みさしで持ってきた本をひろげた。今朝方からの家の内の騒音をさほど苦にした覚えもなかったが、おのずと神経がうわずっていたらしく、今日は何かと勘が狂って、取るに足らぬことだが間違いを繰り返している。小さな間違いが重なるのは、大きな間違いのひそむしるしかもしれない、と気の走るのをいましめた。

日も暮れたようなので近間で夕食を済ませに表へ出れば、その間にもひとしきり雨が走ったようで、夕映のほのかに残る中、濡れた路上から昇る湿気はいよいよ苦しく、膝から腰が重く、足は蹌踉《よろけ》をふくんで、頭もくらついて、知った道のりが遠く、見馴れた町並みもどうかすると見知らぬところに映る。夕飯の店では人の声も物の音もくっきり聞えているのに、耳に遠く感じられた。ただ行儀よく食べていた。

宿にもどって、すぐにでも寝床に倒れこみたいほどに草臥れていたが、ここで眠りこめば夜半前に寝覚めするに決まっているので、一時間ほども本を読んで、睡気のほどほどになったところで床に就くと、まどろみはしたようだが、なんだか不都合があって病院にまだ留められているようなことを思ううちに、雨の音も部屋の内に入って来ないのに、降り出しの気配に睡気がはたと落ちた。しばらくは静かにしていたが、閉ざされた空間に湿気がこもって、時間も流れなくなったように感じられ、これはもう夜明けまで眠れないと悟って、きっぱりと起きあがった。十一時半をまわりかけていた。間違いのないように慎重に身仕度を整え、扉を閉める前にもう一度ゆっくりと部屋の内を見まわし、エレヴェーターで降りてチェックアウトを済まし、また雨の走った後のような表へ出て駅前から車を拾い、十分足らずで家に帰ってきた。この日初めてしっかりと覚めた行動に感じられた。

家の寝床に落着いて灯《あかり》を消すと、四角四面の空間も天井の見えぬ暗さもいましがたまでの宿と変わりもないのに、降りてくる闇が深く感じられ、眠りがさわさわと、聞こえもせぬ木の葉のさやぎのように差してきた。昏々と眠ってもう夜明けに近い頃だったか浅い夢に、雨のあがったばかりの、まだ白い靄の立ちこめる路上に、うつぶせになっている。倒れたらしい。人目につかぬうちに起きあがろうとして、しかし立って歩き出したはいいがまた倒れたら二度と起きあがれまいな、と思案して肘を半端に地に衝いたきり、頭をもたげる間合いをはかるうちに、濡れながらまだ火照りをふくんだ地面が柔らかな肌に感じられ、その温みを両腕に抱きかかえるようにして、眠りにまたひきこまれた。

翌日、日が高くなってから目を覚まし、工事の音の中をよろよろと居間に出てきて、九州の朝倉から日田、大分にかけて桁はずれの大雨に見舞われたことを知らされた。洪水と土砂崩れと、家屋の崩壊と村落の孤立が各地に起こり、行方不明者もすくなからず、大雨はまだ降り続き、先の見通しもつかぬという。道理でここ数日来のこの空気の重さ、この身体の苦しさだった、それほどの天候異変が予兆の内からも遠隔の地まで影響を及ばさぬはずはなかった、と今になり思いあたる気がしたが、悔いに似た心が動いた。長年、所詮は安楽な暮らしに馴れて、ちょっとした日常の乱れにも苦しむほどに、虚弱な存在になっていた、まして天変地異にはとうてい堪えられそうにもない、と我が身のことがかえりみられた。

これほどの大雨は、知らなかった、と土地の古老がつぶやく。知らなかった、予兆も見えなかった、と私もつぶやいてうずくまりこむことになるのか。

その日のうちに

早朝の五時頃であったか、南の方の空に、狼煙《のろし》のようなものがあがった。見れば地平から黒い雲がつぎつぎに湧いて、ひとすじまっすぐに、かなりの速さで昇り、薄曇りの上空に届きそうになったところで先端から傾いて崩れかかり、色もうすれて、こちらへ寄せてくる。たちまち硝子戸のすぐ外まで白い靄にふさがれた。靄はゆっくりと渦を巻いている。ときおり濃い雲が近づいて、渦に吸いこまれる間際に、黒い蛇に似て濡れた太い尾をくねらせる。閉じた硝子戸に風の吹きつける様子はないが、ゆるやかながら、龍巻きのようだった。まもなく視界は晴れて、南の空にまた狼煙があがり、同じことが幾度かくりかえされた。

病院の個室の、六階の高さからの眺めだった。この夏は七月に深く入っても、もどり梅雨とか称して、雲行きの怪しい日が続いて、梅雨時よりも重い湿気に苦しめられる。九州のほうの大雨の災難もつい先頃のことで、被害の土地の天候はまだおさまっていないと伝えられた。列島の全体が乱気流に支配されているらしい。それにしても人はたいてい、龍巻きめいた異象もつゆ知らず寝起き暮らしているものだ。天象にじかに触れて暮らした昔の人なら、こんなふうに始まった日は、おたがいに無言のうちに戒めあって過ごしたのかもしれない。

狼煙の絶えた後、今日もまた蒸しそうな空を、しばらくして気がついたことに、胡《ご》麻《ま》粒を撒き散らしたとか言うような、おびただしい鳥の群れが高く、ひたむきに昇って行くかと思うと、上空を渡る逆風に遭ったらしく、遠目にはいきなり折れて向きを変えたように、かたまったまま墜ちる。椋鳥のようだった。墜ちるにまかせるうちに、順風に乗ったらしく、またひたむきに昇る。あちらへ昇ってはこちらへさがり、何処へ行くともつかない。あるいは逆風には翼をはげまして昇り、順風には翼をあずけて墜ちるのかとも見えた。

この辺の土地でも、昔の在所の面影をまだそこかしこに遺していた頃には、秋から冬にかけての暮れ方に目を惹かれた光景だった。渡りにせよ、塒《ねぐら》を探すにせよ、どうしてああもせわしなく、徒労のように、旋回をくりかえすのか、と立ち停まって眺めたこともある。その後ひさしく見かけなくなった気のするのは、環境も変わったことだがそれよりも、年老いるにつれて天を見あげることがすくなくなったせいかもしれない。とすれば、これも知らずに過ごしてきたことのひとつになる。しかし夏場にこれほどの大群が上空を飛ぶのは見た覚えがない。季節はずれに椋鳥が落着かぬのは何かの異変の兆候だという話もたしか、どこかで聞いた。

そのうちに、どこへ飛び去ったものやら、どこへ降りたものやら、空に鳥の影もなくなった。なまじ早起きをしたので、家に帰るまでまだ半日も間がある。帰っても来週早々にここにもどって来るのだから、どのみち半端の身か、と息をついて寝床にもどった。

金曜日の、退院の日の早朝のことだった。月曜に入院して、火曜に手術を受け、金曜にひとまず家に帰り、土、日曜を家で過ごして、月曜に病院にもどることになっていた。手術の翌日の、水曜の暮れ方に回診に来た医師が、じつは今朝方の検査の映像を調べたところがわずかながら取り残しが見えたので、来週の火曜日にもう一度、手術をさせてもらいたいと告げた。聞いて眼の内に、夜中に寝覚めするたびに眺める天井の白さが浮かんで、ほんのしばらく考えてから、家は歩いて十分ほどの近間なので、予定どおりに金曜に退院して月曜にまた来るというわけには行かないものだろうかとたずねると、手術後にむずかしい反応も出ていなかったことでもあり、医者はすぐに承知してくれて、こちらも得心した。ひとりになり、暮れて行く病室の中で、お前さん、たいして気落ちもしていないようではないか、と自身の平静さをついてみたが、手術と言っても腹を裂くでなし血を流すでもなし、自分の足で手術室まで行って鉄の扉の前で家の者と別れては正体をなくして担架車に運ばれて病室に帰るだけのことで、翌朝まで安静を守らされることのほかは苦痛というほどのものもない。同じ手術がこれで三度、いまさら反復に苦しむこともない。今回は今回、次回は次回、時間は結局のところ、造作もなく経つ、と割り切った。

正午には家まで歩いて帰っていた。さっそく冷い水を浴びて汗を流し、格別の解放感もなく、昼飯を済ますと机に就いて、入院の前日にもうすこしのところまで押して置いた仕事の始末をつけることにした。仕事は翌日の土曜の暮れ方までかかり、二度書きの清書の稿ながら前のほうをめくりかえすたびに、ながらく蒸し暑い日が続いて頭の内まで湿気が染みこんでいたせいだか、あちこちで昏乱を来たしているようで、手のつけようもなく感じられたが、来週退院してからでもまだ見なおすひまはあるのだからと考えて、とにかくしまえることにした。入院になるとはつゆ知らなかった頃に書いたところに、なにか不都合があって病院にまだ留め置かれているようなことを思う場面があり、誰の手に成ったものだと苦笑させられた。

仕事をしまえると表は雨になり、暮れかけた木の葉にさわさわと降りそそぐ中、油蟬が一斉に鳴き出した。この夏初めて聞く声のように耳をやった。ながらく家を留守にしていた気もした。

翌日曜にはツクツク法師の、なにやら哀しげな声も聞いた。もう入院の前日になる。その日も暮れる頃に原稿に目を通して机の隅に押しやり、腰をあげかけてふっと思いなおし、封筒に納めて宛先も書き、封はせずに机の正面に置くと、それがあらたまって挨拶しているように見えてちょっとこだわったが、手を出すのも面倒でそのままにして立ちあがった。いずれ徒労か、と捨てて部屋を出た。

翌月曜は七月の末日にあたり、休み明けの勤め人のように仕度して、午前中に病院に入った。病室は先週の部屋と背中合わせになり、そっくり同じしつらえの、ただ左右に向きが逆だった。その違いにも目がすぐに馴れて、前回と気分は変わりもなくなった。

火曜の午後の三時過ぎに、これも前回と変わらぬ段取りで手術室に入った。これで昨年の夏から四度目になる。内臓へ針を刺してその先端から放射する電磁波で問題の細胞を焼くということらしいが、細かいことはたずねてもいない。手術台にあがり、あなたまかせに天井を眺めて、初めの二回の時にはいつか麻酔が入ったようで瞼の内に赤い細かい花模様のもわもわとうごめくのをつらく感じるうちに正体をなくしたものなのに、前回は点滴の液が腕から熱くひろがってくるのまで覚えていたのはどういう加減のことだったか、といまさらよけいなことを考えるうちに、やはり腕から熱いものが腋まで昇り、手術台の脇で人があわただしく、早送りの映像のように動きまわるので、何事かと薄目をあければ、医師がすぐそばから静かに事にあたっている。二度ほど、激痛らしい気配が右の腹から突きあげて、息をひそめるとおさまった。もう一度、その気配が激痛の域まで迫りかけ、眉をきつくしかめ、詰めた息を吐いて次の突きあげを待ったところで、これで終了にします、と医師の声を聞いた。まもなく枕もとのほうで雑談が始まった。ここのところの天気の定まりなさをこぼしていた。そこで意識は切れて、目を覚ましたのは病室の寝床の中で、日が暮れかけているようだった。

また眠りこんで、目を覚ますと夕食が運ばれてきた。手術の後の安静の晩の決まりで、小さな握り飯四つの膳が寝床のすぐ脇の台の上に置かれた。寝たまま手づかみで口へ運ぶことになる。日頃は好む握り飯だがこの際なまなましいように感じられて、しばらく手が出ない。それでも朝食は半分量で昼食は抜きだったので腹は減っていたようで、ひとつ取っては口に押し込み、仰向けに寝たきりで物を喰うのも難儀なものでようやく呑みくだし、そのつど息をつきながら四つとも済ませ、指先のべたつきを気にしながらまた眠った。

やはり寝覚めする。部屋の内が暗くなっているので消灯の時刻をまわって、だいぶ経っているようで、廊下の物音も静まっている。天井ばかりが白い。さて、これから朝までが長い。今は何時頃か、その辺に置いた時計に手が届かない。夜明けのほうにもう近いのか、まだ夜半もまわっていないのか、麻酔のなごりの眠りでもあったようで、体感から推しはかれない。木目もない天井には時間の移りが見えない。時間が滞ると人は、水の流れを堰かれて喘ぐ魚も同然か。そんなことを思っては眠りこんで寝覚めするたびに、夜明けが遠くなるように感じられる。そのうちに、おはようございます、今日は八月二日、水曜日です、とアナウンスの声を聞いた。どうも時間が経過感なしに経つらしい。しかし朝の回診が来て安静が解かれるまでに、まだ二時間あまりもある。

手術の結果は良好だったようで、金曜には家に帰れることになった。その退院の前日の、木曜の午さがりに、寝ながら足もとのほうの壁をなにやらまだ半端な気持で眺めやるうちに、先週の退院の前日の木曜のことを思い出した。雨天の午後だった。やはり寝そべって眺める足もとの壁の、白い布を貼ったその下から、壁画のようなものが浮かびかかったものだ。あざやかな紅の流れるようなところでは能の舞台か、それとも、荒い緊迫の雰囲気もあるようで合戦、治承か寿永か、出陣の場《にわ》か、あるいはまた、とりどりの奇異な幡《はた》のようなものが翻っているらしく古代中国の夷狄《いてき》征伐の図か、と見たが見定めはつかず、とにかく壁画をほどこしたものの病室には強烈すぎるので布で隠したのだろうと取りなして済まし、後に訝りも曳かなかった。今になって壁にいくら目を凝らしても図柄の影もあらわれない。部屋は違っていても、病室を壁画で飾らせる者もないものだ。

しかし、あれは想像を逞ましくしたのではなかった。想像ならば何かの情念をともなったことだろう。見たことは、見たのだ。頓狂な錯覚にしてもいささか仔細らしい持続はあったので、雨天ながら白昼の幻覚であったか。意識は前後、はっきりとしていた。譫妄らしいものも内に動かず、外にも雰囲気として降りてはいなかった。ただ、あれからまもなく見舞いに来た娘に、雑談のついでに、この部屋には壁画が隠されているようなことを口走っている。平生の口調だったはずだが、聞いた娘は帰りに実家に寄って母親にそのことを話し、二人して顔を見合わせたかもしれない。

意識は清明のままの幻覚もあるらしい。しかも幻覚だったとも後まで気がつかなかった。とすれば、狼煙のようなものがあがったのも、雲がすぐ近くまで寄せて渦を巻いたのも、鳥の群れが高く翔けては墜ちたのも、すべて幻覚だったか。いくら何でもそれはない。空へ向かって立って見ていた。あれも幻覚とすれば、人の心の正体はいよいよ知れぬことになる。

翌日は何事もなく家に帰った。昼食を済ますと仕事にかかり、これがやはりなかなか苦労で、日常は切れ目もなくつながった。一週間もすると、二度にわたって病院にいたことも、日数をかぞえて、そうだったなと思うほどになった。

八月の中旬に入っても曇りがちの日が続いた。朝の内には照りつけても午後から雲がひろがって低く垂れ、暮れ方には夕映えがのぞくが晴れるともなく、夜には蒸し返し、室内の温度が夜半にも三十度からさがらず、戸窓を開け放っても変わりがない。低気圧の通る晩には病人が何かと苦しがるので、病院から帰りそびれて、と高年の人がこぼした。もう二十何年も昔のことになる。空調は入っていても、気圧ばっかりはどうにもなりやしません、と苦笑していた。細君が脳出血の後を曳いてもう長いこと病院にいる。御亭主は商売の人で、毎日、暮れ方に店を閉めて、バタバタというのは軽バイクに乗って病院へ通う。病人は朝と昼の食事はどうにかひとりで済ませるが、夕食ばかりは亭主の手を借りないとすこししか食べてくれない。それだものでタ食の面倒を見て、消灯の時刻まで付き添った後、またバイクに乗って家に帰り、店の後始末をしてから、ひとりの夕飯の仕度にかかる。

毎晩のことなので大変でしょうと人は言ってくれますけれど、自分としてはこのほうが気持は楽でしてね、しかし、眠ったらしい病人を置いて、消灯時間も過ぎた廊下を、足音を忍ばせて帰るのは、なんともわびしくてね、表へ出ればまた先へ気をせかされるのですが、と雨の降り出した音へ耳をやるようにした。

あれはわびしいものだ、とつい先日聞かされた話のように、表は雨になった様子の夜の机の前でうなずいてから、それは病人を置いて帰る人のこと、聞いてこちらは留まるほうの身になっていたではないかと首をかしげた。毎度の入院に、家の者には夜に来るに及ばぬことにしている。しかし毎夜、面会の時間の終了を告げるアナウンスがあってから消灯まで、長い夜への往生のためにか、寝床から抜け出して廊下をゆっくりと歩きまわるその間、ひと気のもう静まった病棟の、殺風景な眺めがことさらわびしく、わびしいのは自然としても、すでに懐かしいように見えてくる。とりわけ明日は退院という夜にはその懐かしさが雰囲気となって立ちこめるようで、子供の頃の夕暮れの、遊び疲れて帰る道々、見馴れた露路の角を通り過ぎるたびに後髪をひかれるような、家に帰るというのにどこか遠くへ去るような哀しみを覚えたことが思い出された。

何処へ帰るつもりか、何を置き遺してきたのか。これは若い頃から、気の弱った折りに、どうかすると身に添ってきた哀しみのようにも思われるが、夜の廊下を去る影は、目に浮かんだその時、病院に留まる身よりも濃くなりかけた。もしもまたその影がいまこの部屋の物の隅からあらわれたなら、目をやるほうも、意識は明るいままに、影になるかもしれない。影と影とが吸い寄せ吸い寄せられ、ひとつにほどけて、面《おも》が白く照るか。

あるいはいよいよ老耄のおとづれか。老耄というのは、時間にせよ空間にせよすべての差異が、隔たったものがたやすく融合する、そんな境に入ることではないのか。まわりの者はそれを不気味な分裂と見て驚き、怖れさえするが、本人にとっては平明な実相であり、ただ人に伝えるすべもない。

これも暗天のもとの抑鬱から来る、妄念のたぐいだろうと取った。手術の疲れが後を曳いて眼のほうもいくらか暗くなっているのかもしれない。ところがある日、やはり黒い雲に覆われた午さがりに机の前から、遠近もつかなくなるほどに澄み渡った空か、とひとりでにつぶやいて、その光景が念頭にひろがった。そんなものは見た覚えもない。中年の頃、中国のウイグル地方を旅した折りに、ゴビ灘《たん》と称して、砂漠というよりは大洪水の跡のような石ころだらけの荒野に、途中休憩の車からひとりで降りて踏み込んだはいいが、ものの二百米も行ったところで地平のはるけさに怖れをなして振り返れば、路上に停めた車が玩具ほどに見えた。しかしあの日の空は晴れてはいたが、砂塵の名残りだか、澄み切っていなかった。

青年の頃の夏に信州の、針ノ木《はりのき》の雪渓を登って針ノ木峠の山小屋に泊まったことがあり、翌朝早く、まだ濃い霧の立ちこめる時刻に小屋を出てひとしきり登ると、霧が一度に晴れて、針ノ木岳が目の前に、深い谷を隔てながら手に取るように近く突き立った。しかしあの時には、それこそ澄み切った早朝の山顚の空のもとではあったが、遠近の失せたことに驚くひまもなく、山の存在感に圧倒された。太古からの造山の時間がいま現在に凝縮して、谷からあがる轟きの中で静まり返ったまま、さらに永劫を渡って行く。影にひとしい身でここに立っていることがそらおそろしい間違いと感じられた。

しかし、放牧の羊の群れが見える。近くの林も遠くの岡もひとしくくっきりと際立つ。たしかギリシアのデルポイに近い野の、正午頃のことだ。闇の中からよりも、白昼の晴朗の天のもとでこそ、神々はあらわれる、とあった。立ったまま、脚も動かさずに、寄って来るという。天から降《くだ》るようでもなく、遠近も失せて時間も停まった地表を、丈《たけ》も変わらず、一瞬ごとに近くに在るらしい。

ホーフマンスタールのギリシア紀行の内だった。文章も澄明だったように思われる。世紀末のウィーンに人となり、二十歳までに完璧とも言える一群の詩を遺して、伝統を一身に備えたような演劇や随想を書き続け、第一次大戦の後ではヨーロッパの崩壊の危機をしきりに訴えた後、一九二〇年代の末に、成人した息子の自殺したその葬送の朝に倒れて、まもなく亡くなっている。

天気晴朗のもとに神の出現を見るとは我が国の、神が祭りの場《にわ》に降《くだ》る、影向《ようごう》というものとよほど趣きが異なる。能のほうの死者の霊にしても、前段の日のあるうちはこの世の人の姿を借り、後段ではにわかに日が暮れて夜も更けたようなその中から、あるいは月の光に照らされて、かそやかに、蹌踉として、正体ながら影のように、いや、正体であればこそ影のように、寄ってくるではないか。それにひきかえ晴天下にあらわれる神は脚を動かさぬばかりか、足もとに影も落とさぬようだ。遠いと見る間に、近くに在る。しかしこれも、戦慄のないことではない。神々もふくめてデーモンとすれば、戦慄はまさる。

——今日というこの日がそなたを産んで、そして亡ぼすことになろう。

盲目の預言者テイレシアスがオイディプース王に投げつけたこの言葉も野天の円形

劇場の、白昼の舞台から揚がった。登場人物はたっぷりと衣裳に足もとまでつつまれ、丈を高く見せるものを履いて、脚も動かさぬようにあらわれたか。所作もゆったりとして細かくはなかったと思われる。声は迫りあがる観客席の最上段まで届くという。姿もくっきりと見えたのだろう。

何処の親たちのことだ、この世の誰が、このオイディプースを生《な》したと言うのか、と王に迫られての返答になる。舞台に王と預言者とが向かいあうのでなく並んで正面を切り、視線をそれぞれ観客席の高目にやって朗々と唱えたように思われる。言葉ひとつひとつの抑揚の、音程の幅がかなりあったはずだと聞く。

お前の言うことはどこまでも謎めいて、判然とせぬ、とオイディプースは返答を聞いて呻くようにする。

今日という日がお前を産むというのは、この日のうちに出生の秘密を知ることになるだろうとの、直近への預言になるが、出生の真実を知る時に人は生まれるとは一段と謎めきながら、聞く者の心の、芯を刺す。テイレシアスは猛《たけ》る王に対して、真実《アレーティア》をおのれの護りとした。このギリシア語のアレーティアは、「隠れもない」という原義から来るらしい。真実は顕われながら隠れる。預言も予兆も顕わしながら隠す。テイレシアスがもっとあらわな言葉で告げたところで、同じことだったかもしれない。

オイディプースもすべてを、じつの父を殺してじつの母と交わったことも、じつの母の胎《はら》から子を生したことも、忘却と記憶との境目あたりから知っていたように、言葉の端々からうかがえる。スフィンクスのかけた、人間の生涯の謎を解き破ったほどの、預言者に劣らぬ見者である。

王妃のイオカステーも、おのれの子を夫として、子から子を生したことを、先王のライオス王に降された、我が子の手にかかることになるとの神託を蔑《なみ》するともなく預言者の虚妄とさかしく取りなしながら、女の身としてはさらに、奥底に感じていた、やはり知っていたようだ。

第三者の立場のクレオーンにしても、古い記憶をたどるにつけても思い当たりそうな節はあったようで、テイレシアスの言葉に動揺したオイディプースが預言者の去った後でクレオーンに、いかほどの年が経ったのか、ライオス王が、とまでたずねて胸騒ぎがしたか言葉を途切った時に、何をライオス王がなされた折りのことでしょうか、おたずねのむきがわかりかねますが、と逸らしている。ライオス王の御最期のことだ、とオイディプースは後を継いだが、あるいは自身アポローンの神託のことをつとに耳にはさんでいて、それにもかかわらずライオス王に子が生まれ、そしてテイレシアスが王の館にあらわれなくなった、その年のことをたずねようとしたのではないか。その年のことなら、クレオーンははっきりと知っている。合唱隊《コロス》の長老もときおり、事の因果をすでに知ったように、怖れおののく。

一同、知っていて知らない。知らなくて知っている。舞台上の役者は因果をすべて知っていても、その役《ペルソナ》と一体の現在にならなくてはならない。観客はどうか。観客こそ事の因果も破局の結末も心得ていて、天へ迫りあがる段上の席にあって観覧自在のこと、神々にもひとしい。それでいて事の成り行きを、固唾を呑んで見まもる。怖れの内にすでに恍惚がひそむ。盲目の身と変わり果てたオイディプースが舞台から退場する時には、安堵の息をついて我に返る。

それにしても、おのれの出生の秘密を知ったその日に人は生まれるとは、オイディプースの悲劇を離れれば、やはり呑みくだし難い。そのような体験をした人間だけが、そうとしか言いようもない惑乱として知るところなのだろう。出生の秘密を知ったそのとたんに物の見え方が一変して、しかもくっきりとなるというような、惑乱ながらの明視なのだろう。そして亡びるとは、今まで自明に見えていたものが見えなくなるというような、明視ながらの盲目なのだろうか。

じつの親は誰かというような事情にもかぎらぬことなのかもしれない。尋常の出生であっても、ある時、おのれの正体を知らされる。一瞬の言動、一瞬の反応のうちに、平生は気づきもせずにいた正体を見たという感知の生じることはある。あるいは後からの感知であって、物の見え方が変わったのをあやしんで振り返り、その時に思いあたる。それもやがて忘れて、物の見え方も平生と変わらなくなる。しかし同じことが生涯、くりかえされる。

この日のうちと言っても、オイディプースにとって、この一日は白日のもと、長かった。テイレシアスから謎めいた預言を投げつけられてからおのれの眼を剔《えぐ》るまでわずか何時間かのことにしてもその間に、出生の疑惑を抱き染めた青年の頃からの記憶をおそるおそるたどり返しているのだろうから、生涯にひとしいほどの一日だった。男盛りをまわりかけた現在から青年に返り、そして一挙に老年へ傾いた。盲いた後に衆人の前に無残な姿をあらわして遠くへ叫び声を遣《や》り、わたしの声は何処へ運び去られて行くのか、と歎くオイディプースの内にはまだ、青年と熟年と老年とがひとつになって在ったのではないか。常人にとってもそんな一日はあり、やがて忘れてはまためぐってくる。昔の今日が現在《いま》の今日にそのままつながる。

死期を悟ったその日に人は生まれる、とは言えるだろうか。

さるほどにという古来の繫《つな》ぎの言葉は、時の移りをあらわすのに伸縮自在のところがあるようだ。これを借りて、さるほどに夜に蟋蟀《こおろぎ》が鳴き出した。やがて鳴きしきるほどになり、秋雨のおとづれを知らされたが、それにしては湿気が肌に粘りつく。九月に入り、八月中の日照時間が東京では観測史上の最小を記録したと伝えられた。八月どころか、七月の初めから陽の乏しい天気が続いている。北国の暗天の冬場には、人は鬱病に罹りやすいとか言われる。幼年の頃に戦災で怖い目に遭わされてからはかえって鬱にはなりにくくなったと自身では思っているが、この天候不順にはさすがに足腰は重たく、眼は暗いようで、頭の内も結滞したように感じられる。

そんな時には場違いのことを思うようで、ある夜、表はまた雨になっているというのに、お伽噺の瘤取爺《こぶとり》の、踊り狂う姿が浮かんだ。老体の足弱《あしよわ》の屁っぴり腰ながら、手の舞い足の踏むところも知らぬというような佳境に入っている。剽軽がきわまって、面白いらしい。らしいと控えるのは、踊りぶりは陽気だが、それにしては緩慢な、陰々とした拍子を踏んでいるように感じられてならない。面白いはずなのだ。変なものの飛び入りに呆気に取られていた鬼たちが、やんやと喝采しているではないか。

どうも、陰鬱な気分と陽気な想像とが、ふさぎとはしゃぎとが、分裂したまま共存しているようだ。取りとめもない雑念の内にせよ、耳に聞くところと目に見るところとが陰陽分かれるようでは、すこしく用心せねばならない。それはそれとして、爺《じい》の踊りも翁《おきな》の舞いではないのか。幽玄の花のさらにその先には老いて萎《しお》れた花があり、これこそ花の極致とか聞く。無心のきわまった境なのだろう。瘤を垂らした爺さまも、山中で鬼の宴会に出っ喰わし物陰に隠れて息をひそめていたところが、賑わいに耳をやるうちについ浮かれて、宴会の只中へ踊って出たというから、相手がおそろしい鬼どもであることを考えれば、オッチョコチョイというよりは、それなりに無心だったはずである。であればこそ、面白や、と鬼たちはよろこんだ。正直爺さんである。正直者が幸いを見たとは、幸いを見たので正直者であるとの結果論にも思われるが、お伽噺はお伽噺の心のままに取らなくては始まらない。正にして直、思無邪、オモヒヨコシマナシ、つまりは無心である。滑稽な踊りでも、まことに無心なら、花が咲く。

すでにして花咲《はなさか》爺かと感心しながら、眉をひそめて我が身のことを思った。老耄の萌しは頭よりもひと足早く身のこなしにあらわれるようで、物に蹴つまずきかけた拍子に、踊る心はさらにないのに、妙な手ぶり足踏みになることがある。見ていられない図である。しかし、我にもあらず振られるその動作の、ちょっとした手つき腰つきにつかのま、なにやら縹渺としたものが差すことがありはしないか。いや、よろけまいと大まじめに目を瞠る顔と思い合わせると、これも無心ながら、いよいよ見ていられない。鬼たちも目をそむけて、早く瘤を取ってやって追い払えと口々に罵ることだろう。その声が雨の中から聞えるようだ。

雨の夜に野外で鬼が宴を張るわけもない。頓狂な年寄りの出現が鬼たちをいたく面白がらせただけのことだ。それにひきかえ、老耄の境に入った年寄りの、何かのはずみに見せる妙な手ぶり足踏みは、見る者に奇異の感を覚えさせるばかりだ。無心のきわみならば淡い恍惚も差すだろうに、本人は何も知らない。どんな心でいることか、なってみなくてはわからない。いや、なってみてわかるということでもない。ただ、そうなる。ひたすら、そうなる。まわりに苦労をかけることになり、それが今から苦になっているが、そんなに長くはあるまい、とようやく机の前から腰をあげてテラスに出れば雨はあがっていて、蟋蟀がめっきり澄んだ声で鳴きしきり、それがふっと止んだかと思うと、東から雷鳴のような轟きが近づいて、雲の中からヘリコプターの、軍用機らしい重い爆音が上空へかかり、西の方角へたちまち飛び去り、虫がまた鳴き出して、ひときわ澄んだ音色に聞こえた。この夏はこんな夜更けにヘリコプターが上空を通るのを、幾度か耳にしている。

そしてまたある日、もう彼岸に遠からぬ暮れ方に、今日の仕事を済ませて表へ散歩に出ようとしたところへ、表は雨になった。これさいわいと、夕飯まで寝そべって過ごすかと安易な気持へ流れたが、半日の坐業で頭に血を滞らせたままにしては夜の寝つきが悪かろうと思いなおして傘を持ち、濡れた路上で滑らぬよう用心のため、ここのところ放ったままにしていた杖を手に取った。この杖が間違いだった。

雨の中をしばらく行くうちに、右手に傘を差して左手に杖をつくそのつりあいが苦しくなった。杖は利き足のほうにつくものらしい。そこで傘と杖とを左右持ちかえてみたものの、今度は傘を支える左手のほうが苦しい。以前に雨の日に懲りていたはずなのに、すっかり忘れていた。いまいましくて傘をまた右に持ちかえ、邪魔物になった杖を左手につかずにただ握ると、よほど楽になったので、そのままいつもの散歩の半道ばかりのところまで来ると、雨足がにわかに繁くなった。たちまち雨けぶりが路上に立ちこめて、これにはたまらず引き返すことにした。

いくらも来ていないのに、大雨の中を家まで帰る道は遠い。いつのまにか、左手に浮かせていた杖をまたついている。右手に支えた傘が大粒の滴を端から盛んに垂らして重くなった。風はなくてまっすぐに降る雨だが、肩はもう濡れている。その肩がわずかながら左右に揺らぐ。それにつれて足がよろけかかるのを先送りするように、いまにも踊り出しそうな拍子を踏んでいる。濡れるのはかまわないが、ままよとばかりに押して進むにはさすがに老いたか、といまさらの感慨にふけっていると、先のほうの雨けぶりの中から見え隠れに、この狂った歩調を一段と大ぶりに真似てからかうような影が浮かびかかる。こちらに劣らぬ年寄りらしい。そして後から来るのが、青年になった。

はるか昔のことになる。思い出せばまだ生きているこの年寄りこそ影のように感じられる。先を行くのは影ならぬ老人であり、後から来るのはいくらか年は喰っているがまだ学生の身分の青年だった。夜の更けかかる頃に街から徒労感をかかえてもどり、住まいの最寄りの駅に降りると、表は雨になっていた。小雨なので傘なしのまま歩き出したところが、暗い一本道に入ったあたりから大雨に変わり、先のほうがけぶるようになり、濡れるのは苦にせず足も急かさずに行くうちに、先のほうの雨けぶりの中から人の影が浮かんで、その傘が左右にひょこひょこと揺らぐ。酔漢と見て、避けて通ろうとしたら、足の不自由らしい老人だった。

右手に傘をさして、左手に杖をついている。やがて足取りが詰まって立ちつくし、ゆらゆらと揺らぐようなので、見捨てて置けなくなった。そばに寄り、傘を持ちましょうと声をかけると、傘をあっさりと渡し、杖を右に持ちかえてから、ありがとうと答えた。左手に受け取った傘を老人の頭の上に深く差し掛け、右腕を貸すと、体重をあずけるともなく、思いのほかしっかりと足をまた運び出した。

古い友人の通夜の帰りでして、こればかりは行かぬわけにいかない、しかし遠かったな、とつぶやくようにしたきり黙って歩き続けた。言われてみれば、古めかしい黒の帽子に黒の背広をきちんと着こなして、濡れた傘の下にこもっているのは抹香の匂いらしい。

なまじ手を添えたばかりに老人の足の運びを乱さすまいと、頭からもろに雨をかぶりながら慎重に付き添った。お家は何処ですかとたずねていなかったことに気がついたが、いまさらたずねれば先を急がせることになりそうで、老人の歩みにまかせた。傘を引き取ったせいか、老人は左右に揺らぐこともなくなった。そのかわりに何歩目かごとにこちらの肘に重みが掛かり、足拍子を踏むような、歩調の乱れが伝わる。陽気な踊りの踏み出しを思わせた。泣いているようで笑う翁の面《おもて》が浮かんだ。しかしそれに寄り添う若い男こそ、髪は濡れて額にはりつき、頬から頤まで滴を垂らし、生首のような顔を雨にさらして、年寄りに合わせてのろのろと歩くさまは、怪しげな夜行のものに見えはしないかと人目がはばかられた。さいわい、この夜更けの大雨の中、人通りは絶えていた。

この道をもう長いことたどったことだな、どこまで来たものやら、と老人が雨の中へまたつぶやいた。聞いて、もしやこの老人、若い者の腕を借りてつい遠くまで来てしまって、自分の家のありかもわからなくなっているのではないか、としばし心細くなったが、この家路を長年たどりなれたことへの感慨なのだろうと取った。かりに道に迷ったどこぞの年寄りに夜中までひきまわされることになったとしても、どうせ閑の、家に帰っても寝てしまうよりほかにすることもない身だった。

古い友人の通夜でしたが、読経を聞きながら、女のことを思ってました、と老人の声が人に話しかけるようになった。

いいえ、今夜の故人《ほとけ》が若い頃に、死ぬ思いで別れた女のことでして、老年に及んでも執着が残ったようでしかたのないものだ、女はとうに亡くなりました、色香もまだ失せぬうちに、と言う。色香という言葉を耳にして、傘の下にこもる抹香の匂いが女人の肌の移り香を思わせた。

年月はわけもなく経つようで、こうして見れば、経たぬものだ、と老人はまた独り言にもどって黙りこんだ。そのまま辻にかかった。そこで老人が足を停めて右のほうへゆっくりと向き、そちらへ分け入る細い路を見込んでは首をかしげるようなので、いよいよ道がわからなくなったかと気をさらに長く持つことにしてあたりを見渡せば、日頃は殺風景な平たい土地と見ていたのが、あちこちに繁る木立ちがそれぞれ黒々と寄ってくる。雨の夜更けの変化《へんげ》でも見たように呆れていると、老人がいきなりくるりと左へ向きを変えたので、外へ振られて、傘を差し掛けたままあたふたと足を送ってまわりこんだ。

ゆるくさがる路を老人は迷わずに行く。先のほうで坂がいくらか急になっているようなので、のめってはいけないと用心して、老人の腋に右手をあてがって従ううちに、新建ちの家の並びから左手は暗い生垣にかかった。その生垣のほうへ老人はふっと、咎めるような目をやった。

まださがっている、もう済んだ、と奇妙なことを言う。つられて目をやれば、生垣の内の暗い窓の軒に、夜目に白く、照々《てるてる》坊主が吊ったままになっている。そう言えば、暮れ方から雲行きが怪しくなっていた。明日は遠足だか何だか知らないが、表はこんな雨になったことも知らずに、子供は眠っているのだろう。どうやら赤い物が襟に掛かっているようなところでは、女の子の手にちがいない。しかし用済みとはかぎらない。

これだけ降れば、明日は天気ですよ、と答えていた。雨の中から声をかけてから初めて老人にたいして物を言った。

済んだものは、済んだのだ、とたちどころに返した老人の顔を見れば、一度に壮健な、憤怒のような面相になっていた。

いや、助かりました、無事に帰って来れないところだったかもしれない、とそれから年寄りらしく顔色をやわらげた。

袖振りあうも他生の縁とはこのことだ、あなたにとっても後年、功徳《くどく》になればいい、と言うと杖を左手に持ちかえ、右手を長く伸べて傘を引き取り、杖は柄を握って浮かせて、強い足取りでそばを離れた。生垣のはずれの簡素な門の内へ、吸いこまれるように消えた。しばらくして玄関らしいところから、ほのかな灯《あかり》が生垣に差した。

ひとりになって気がつくと、いつか霧雨になっていた。人の去った跡になにやら火照《ほて》りが遺るように感じられた。軒に吊りさがった人形の白さが目に染みた。さて、自分の帰る方向はどちらだ、と路の左右を見渡した。

野の末

今日もまた雨の夕暮れに、半日の仕事にこわばった足腰をほぐしに傘を差して歩きに出た道で、はるかにひろがる野の末に、黒々と立つ林を見た。幻ではない。三年後の五輪の馬術競技の会場に定められて大改造のためにこの年の初めから閉ざされた馬事の公苑の、工事の車の出入りに設けられた仮の門がたまたま開け放たれていて、そこからひさしぶりに苑内をのぞけば、馬場もスタンドもひらたく均らされて野に還り、遠く雑木林まで目を遮るものもない。五十年近くこのあたりに住みついた身にとっても、初めて見る光景だった。

現《うつつ》の光景ながら、自身の知らぬはずの、遠い記憶をまのあたりにした心地がした。夕闇が地面に降りかかって人里離れた野に見えるが、寸分の地も惜しんで耕された畑だったのだろう。雑木林は柴を刈り、時に応じて間伐して薪や炭の用に宛てたのに違いない。私にとっては青年の頃まで縁もない土地だった。その当時、人に聞いたところでは、夜中に都心のほうで車を拾ってこの辺の行く先を告げると、運転手は浮かぬ顔をしたそうだ。なにしろ、道がどこまでもくねくねとして方角があやしくなり、脇に入れば昔の畦道らしく、うっかりして車輪を畑に落として往生したこともある、などとこぼしたという。昭和の三十年代の初めの頃だったか。

三十歳を過ぎて今のところに住みつくことになり、それから何年も経った頃のこと、夜半過ぎに都心のほうで車を拾ってもう自宅に近く、これも妙なくねり方をする道を来ると、高年の運転手が声をひそめるようにして、昔、この辺で、仲間の運転手が自動車強盗に殺されましてね、ほれ、そこの藪に投げこまれました、と蛍光灯に隅々まで照らされたガソリンスタンドを指差した。

この夏にやはりこの近辺の病院に入っていた時のこと、午後の日の傾く頃に、遠くから大太鼓の音が、長閑《のどか》な間を置いて聞こえてくる。半里ほども離れた稲荷神社の、初秋の祭りの稽古らしい。ここのところも天候が不順で夏らしい夏にもならぬうちにもう秋の声かと耳をやるうちにねむたいようになり、こんな時刻に眠ってしまっては病院の夜の長さが思いやられて、寝床から立って歩きに出ると、廊下のはずれで年寄りの入院患者が看護婦をつかまえてしきりに文句をつけている。通りすがりに聞けば、太鼓の音がやかましいので、すぐにやめさせろと迫っている。地響きとなって突きあげるのでかなわないと言う。六階の病棟のことである。もてあました看護婦が、そうは言っても先住権があることなので、とつい生硬な言葉を口にすると、そんなむずかしい法律のことよりも、現に音に苦しんでいる当人の身になってみろ、と年寄りはいよいよいきまく。あの遠い悠長な太鼓の音に当人とはよく言ったものだ、苦しんでいれば当人には違いないが、と苦笑して通り過ぎてから、しかし先住権というのも、なるほど、里のお稲荷さんこそ先住者である、何も知らずに暮らす新住民たちにひそかに福を恵んだり祟りをなしたりすることがあるとすれば、これもまた先住権のうちになるか、と感心する自分がまたおかしかった。

そんなことに笑った自身が秋雨のたそがれの道に立ちつくして、こういう土地に長年、何も知らずに暮らして年老いたか、と暗い野のひろがりを見渡した。冬場の風の走る夜に寝床の中から、窓に吹きつけては遠ざかる風の音に耳をやり、昔の里に還った土地を思うことはあった。風の夜には異形の者が里にやって来るというような話を思い出したりした。雨の降りしきる梅雨の夜には遠い近い樹木が寄って来て、家々の灯が雨に打たれる木の葉の間にちらちらと震えるのを、まるで林の中に暮らしているようだと眺める。しかしいずれ、土の吐く息からは隔てられた暮らしである。ここに越して来た時にも、この辺は宅地がひらけて、畑はまだところどころに残っていたが、視界はよほど狭まっていた。自身が土地の視野を塞ぐ十一階建ての集合住宅の七階に住まうことになった。高い階からの眺めは見晴らしであっても、土地からはやはり隔てられている。それから十二年後に同じ建物の七階から二階に移り、上から見おろしていた樹木を仰ぐようになり、安堵を覚えた。まだ四十代のなかばにかかる若さだったが、老いの初めであったか。

それからでも三十五年あまりも過ぎた。いまさら土地の正体でも見たように驚いているが、考えてみれば、私にとってまんざら無縁の土地でもなかった。私の生まれた昭和初期の沿線新興住宅地とここことは、昔は同じ荏原郡だったそうだ。私の姉兄たちは小学校の低学年の時にここの馬事公苑に遠足に来ている。公苑の周辺は畑ばかりだったと聞いている。私自身は学校へあがる頃には戦争の敗色が濃くて遠足どころでなかったが、たまたま親に連れられて沿線の先の方、いま住まう土地の方角へ出かけた折りに、晩夏の頃だったようで、やがて車窓から青々と田のひろがるのを見た覚えがある。

馬事公苑そのものも、皇太子の誕生を記念して造られたというから、私と同年か、やや年上になる。奉祝を兼ねて、先進列強に遅れを取った軍馬の育成を期したとも聞く。当時すでに軍備の機械化を着々と進めていたという列強に伍して、はかなくもかなしい努力だった。

公苑の正門から表の通りまで、百米あまり、欅の並木になっている。あれはもう還暦にかかる頃だったか、ある日、その並木路を行くうちに、両側から頭上へ差し掛かる枝を見あげて、気がつかぬ間にめっきり大木になったものだと驚いた。造園の当初に苗木が植えられたとすれば、この欅たちも私とほぼ同年になる。それからまた何年か後のことだったか、苑内で顔見知りの中央競馬会の人に出会って立ち話しをするうちに、その人が芝の角馬場のむこうに繁る雑木林へ目をやって、わたしが入社した当時はあの林もまだまばらで、あのむこうのクロスカントリーのコースを走る馬が木の間からよく見えたものです、と感慨深そうに眺めた。その林も造園の時に苑内に取り込まれた里の雑木林であったはずで、その後何十年も薪炭の料に間伐されぬままに、櫟や楢がひょろりと高く伸びて、夏には鬱蒼と繁り、秋には黄葉が照り渡り、冬の風の日には枝を張りひろげた枯木がそれぞれ長竿のようにゆさゆさと揺れて、枝と枝が擦れあって火を起こしはしないかと思わせるが、長年の風雨にあやうい枝を吹き取れるままにまかせて、おのずと摩擦を避けているようでもある。

その人がまた話すには、苑内の南の奥にある庭園は昔、大山《おおやま》参りの道すじにあたっていたという。大小の池がふたつ並んで、桜の古木が幾株かあって春には妖しいほどに咲き盛り、初夏には水辺に黄菖蒲が可憐な花をつらねる庭である。言われてみれば庭ながら人の通り道の跡のようでもあり、沼のほとりの桜の木陰に茶店もありそうな光景が浮かんだ。この辺の土地には往年の大山参りの脇往還が幾筋か通っているとはつとに聞いていた。大山への道は江戸の町からおそらく青山を越えて、今の国道二四六号線を西へ向かい、二子玉川へ下る前に三軒茶屋のあたりから右へ折れて、台地を川上の方へたどり、和泉多摩川のあたりで渡し場に降りて登戸の宿場に出たものらしい。

私の住まうあたりもひろく見ればこの多摩川沿いの台地、太古の河岸段丘の内になり、この台地に入ると大山参りの道は先々で、健脚の一行もあり足弱の一行もあり、坂の緩急を選んで径を分けたようであり、散歩のついでにやや遠くまで来ると、大山参りの道とも聞いていないが、高低に逆らわぬ道のくねり方から、どこか往還を思わせる道に出ることがあり、周囲に宅地がさほど集まっていないにしては両側に飲食の店が立ち並び、古めかしい構えの店も見えて、何とはなく賑わしく、昔の小宿場かと思えばそれらしい雰囲気になってくる。大山への道とは方角違いと思われる界隈を歩いている時にも、住宅の並ぶところを抜けるとふっと雰囲気が変わり、大木などが見えて、曖昧な三つ辻にかかり、道端の小さな風化しかけた石の道しるべを読めば、左大山道と彫りこまれている。北の村のほうから来る一行への案内らしい。

そんな体験を重ねるうちに、夜の寝床の中から、四方八方の往還をたどって近づいて来る人の群れを思い浮かべることがあった。ここが道の落ち合うところではなし、夜中に信心の旅に立つ者もあるまいに、荒唐無稽な想像だが、耳をやるにつれて、自身も寝たきり土地に沿ってひろがっていくようで、睡気を誘う御利益はあった。これにまかせるとしかし里々の、代々の墓所の上にまで、この無縁の身でもって、ひろがることにもなるか、とやがてこだわった。

最寄りの私鉄の駅から私の家まで歩いて二十分ほどの道が、たっぷり二車線の道路沿いになるが、これがまた妙にまがりくねっている。ここに越してから何年かして、居つきの人に聞いたところでは、この道すじは戦後しばらくまで、低い土堤の下を水の流れるともなく流れる川、というよりも長い沼に近く、葦などを生やしていたが、周辺に宅地がひらけるにつれて、人がゴミを投げ棄てるので、悪臭を放つようになり、やがて埋め立てられ均らされ、今の道路になったという。なるほど川の跡ならまがりくねるはずだと思ったが、川の上下《かみしも》のことを考えなかったのは、ごくゆるやかな坂を坂とも感じなかった若さのせいだったのだろう。それからまた何年もして人の話すには、あの道は江戸の昔の用水路、玉川上水から世田谷を渡って品川の井伊藩の領内まで水を引いたその跡であり、昭和の初年までは高い土堤が畑の間を蜿々と続いていたという。その話を聞いて、夜にはさぞかし土堤の影が黒々とふくらんで、野を這う大蛇のように見えたことだろう、夜な夜なそんな影に横切られて眠る土地の人の心はどんなであったことか、と思いやられた。それにしても、玉川上水からは南へおおむね下りになっているが、下りきってからここらの台地までゆるやかながら上りになり、この道もわずかに上っているので、水をどうやって押しあげたものか、と訝られたのは、夜の帰り道がだんだんに苦しくなってきた年の頃だったか。

　訝っても突き止めようともしないのが私の性分であり、それから十年、いや、二十年も経って老年の境に入っていた頃かと思われる。ある夜、その道をたどるうちに、用水が上りにかかるあたりで土堤の内の水床を底上げすれば、水は玉川上水から落ちてきた勢いに押され、先の方の下りに引かれ、水平に流れるのではないかと考えて、それで長年の訝りを解いたことにした。ついでに、水平ということからの連想で、またおかしなことを考えた。自身の住まいも、初めに地形の測量器でもって、鉛錘を垂らして水平垂直を確かめた上で工事にかかっているはずなので、床は水平に違いないが、しかし周辺の土地の、多少の起伏はあるが全体として多摩川のほうへさがっている、そのおしなべての平面を水準とすれば、相対的にわずかながら傾いていることになり、それが長年にわたり心身に微妙な影響を及ぼしていはしないか、と埒もないことを疑うと、身体の垂直方向もなにやらあやしいようになった。酔ってもいた。

その道の片側に高い石垣がしばらく続く。河原石を幾段にも重ねてつらねた、いまどき本格の石垣である。無用になった用水堤を取り壊す際に沢山に掘り出された河原石を、道端の崖の土砂崩れをおさえるために石垣に積んだとも思われるが、どうだか知れない。目の高さから、人の頭ほどの大きさの石が無造作に置かれているようでしっかりと咬みあって続く。それが夜目にはどうかすると、無数の髑髏《されこうべ》が枕を並べてどこまでもつらなるように見える。そう見えてきても暗いような気分にもならないのは、これも酔いを帯びて帰る道だからなのだろう。人の生涯は所詮、死者から死者へのつらなりの、その先端にしばしあるだけのことであり、生きながら年々その列へ組みこまれているのではないか、と考えれば足取りも楽なようになる。石と石の継ぎ目がそれぞれ女陰のようにも見える。無数の女陰の列になる。しかし女陰と髑髏とは本と末のことだ、色即是空である、いや、空即是色のことか、と年寄りが戯れに思う。すぐに通り過ぎてしまう距離だが、石垣に沿って歩く間は、時が長く伸びる。

十月に入っても秋晴れらしい日がないとこぼすうちに、月のなかばからさらに天気が崩れて、雨が十日も降り続いた。下旬から月末にかけては二度にわたり、この季節に台風がやってきた。何々を殺すには刃物はいらぬ、雨の十日も降ればよい、と唄の文句にあるが、年寄りも雨が降り続けば、何かと暮らしづらくなる。日頃は温和な年寄りが今日も雨の空を見あげて口汚く罵るのを、若い頃に聞いた。それこそ天に唾するである。老僻《おいひが》みは天をも恨む。

年寄りの愚痴は措くとして、しかし今年のように夏場から曇りがち雨がちの、晴れ間もすくない天候が続いて秋も深くなれば、昔なら世の中はだいぶ騒然となっていたのではないか。あちこちの土地から凶作が伝えられるところだ。凶作は飢饉を招き、飢饉は疫病を呼ぶ。それにつれて、とかく兵乱が起こる。飢と疫と乱とは、三位一体のものらしい。歴史をたどれば、幾度も繰り返される。人の世代の交替ほどの間隔になるか。歴史を述べる学者たちも、そこまでは時代時代の考証を踏んできたのに、飢疫乱の厄災の時期にかかると、時代にかかわらず同じような、人の世の悲惨をつくづくとながめるような語り口におのずとなるようだ。この境に至れば歴史書も切々とした物語りになるよりほかにないのかもしれない。そんな世にはどうかすると地震津波、火山の大噴火まで起こる。

今の世の人間は、天候不順で野菜が高くなったとか、旬の魚が出まわらないとか、こぼしはするが、凶作という言葉は口から出ない。米に依存することがすくなくなったせいもあるのだろうが、凶という感覚そのものが暮らしからよほど失せている。いつからのことだろうか。五万十万と餓死者を出す大飢饉が絶えてからか、疫病の脅威が遠のいてからか、戦乱の影に覆われなくなってからか。大震災は長い歴史を見ればおおよそ間断もなく続いている。あるいは居住の環境がすっかり改まって、日常の坐臥の節々に、暑いにつけ寒いにつけ、生命のあやうさを感じさせられなくても済むようになってからか。はるか昔の祖先たちの大多数が、茅やら藁やらで葺いた低い屋根をかぶせられた住まいの、土間で寝起きしていたという。起きて立ち働いている時はともかく、夜に眠っている間、人の身体は天と地の影響をもろに受けて、知らずに予兆の器《うつわ》になっていたのかもしれない。時代につれて棟が高くなり床はあがっても、天地といくらも隔てられていなかった。

今の世でも年老いて病めば、夜の間に天気の崩れた暗い朝の寝起きに、何事とも知れず、また一身の事ともなく、あやうい予兆を抱えたような心地になることはある。しばらく歩きまわっていれば、そんなあやうさも失せて、何時にかわらぬ暮らしになるが、それでも終日、これも自身のためともなく、間違いがあってはならぬとでも言うような、どこか慎重らしいところが立居につきまとう。夜の床に就いて安堵を覚えて、おかしな一日だったと息を吐き、しかしまた眠って日が変わったから、どうなる、と思いながら、睡気に惹きこまれる。

そうかと思えばまた、雨の中を遠くまで歩きまわって来たように、目を覚ます朝がある。夜明け頃に雨の降り出したのを、眠りながら感じていたらしい。浮かれ出た魂がまだしっかりと身についていない。魂ばかりが若くて躁がしく、健脚と見える。どこまでほっつきまわっていたか知らないが、その疲れの始末を老体がつけなくてはならないとは、間尺に合わない。そんな日には、もう一日の事が済んだかのように、草臥れたままに過ごす。存外、気楽な一日になる。

雨の中へさまよい出るどころか、めっきり籠りがちになってしまったが、たまに街に出れば人の歩みが目につく。行く人の年のほどが、誰もひとしく先を急いでいても、ひと目でおおよそ知れる。年による足の踏み込み、歩幅の違いもさることながら、それよりもあらわなことに、若い人は一歩ごとに身体がはっきりと上下に振れるのにひきかえ、年が行くにつれてその上下の動きがとぼしくなる。膝の弾力の衰えのせいなのだろう。年寄りになると左右に揺らぐばかりだ。雨の日には傘の動きにその差がよけいにあらわれる。しなやかに弾む傘の動きを見ていると、若い頃には雨の中を行くにつれて人肌を求める心のつのることのあったことが思い出される。

若い頃には地面というものをどう感じていたのだろう。安泰なること自明なものと感じていたに決まっている。夜半の裏町の家々が軒並みに鳴り出したのを、何の騒ぎだと怪しみながら平然として歩いていた。音のおさまった頃に、地震かと思っただけだった。やはり夜道で石塀の傾きかかるのを両手で支えて踏んばるうちに、仰向けに押し返されそうになり、尻餅をついて我に返った。あの時は地面が傾いた。酒場を出てにわかに酔いのまわったところだった。すぐに立ちあがり、すたすたと歩き出した。

病院からひとまず退院してきた知人と、そのお宅の近くの喫茶店で待ち合わせたことがある。お互いに六十代のなかばの頃だった。先に店に着いて待っていると、まもなく知人は思いのほか元気な足取りで現われ、店の内の私に笑いかけながら入口の三段ばかりの、急でもない階段に足をかけたところで蹴つまずいて前へのめった。倒れはしたがゆるい段のことで両手をつく程度で済んですぐに立ちあがり、階段をあがったところで振り返り、ひとりで笑って、幾度もうなずいていた。こんなところで転ぶようになったか、と自身に言いふくめるようなうなずき方だった。半月ほど後に亡くなった。

歩行とは前へのめるのをひと足ずつ先送りすることにほかならないと言われる。一歩ごとに片足が地面から浮いて、天辺に重い頭をのせて突っ立った人体の傾きかかるのを、もう片足が支えて送る。じつは微妙な平衡感覚を要求することのようだ。それを自明のこととして、走りもすれば跳ねもするが、病んだり老いたりすれば、容易ではないことを知らされる。つくづくと自身に言いふくめなくてはならぬ折りもある。

はじめは四本の足、ついで二本の足、やがて三本の足になるのは何か、とはスフィンクスの掛けた謎である。この怪物に立ち向かってその謎に答えられなかった者は取って喰われる。這々《はいはい》から立って歩きそめた幼児は両手を肩の上へあげて歩く。樹上生活の猿の名残りかと思っていたが、身体を垂直に保つためらしい。その域を抜けると、ばたばたと走りまわる。親は叱るが、じつは走ることしかできない。走っていないとまだ平衡を保ちにくいと見える。そして年寄りはつとめて背すじを伸ばすようになどと言われているが、腰は曲がって三本足、杖をついて歩くのが自然で、やすらかなのかもしれない。

しかしスフィンクスの謎はもうひとつ、ついにはその足もなくなるというのを落してはいないか。いや、言うにも及ばぬことだったのだろう。人は寝ついたらまもなくという時代だったに違いない。今の世では寿命が延びて、医術も進んで、寝ついてからが長くなった。寝たきり日数を経れば、空間と時間がしばしば変質を来たし、自明ではなくなる。とりわけ夜の寝覚めには、水平と垂直すらしばらくつかめなくなる。まして昨日今日明日という区別が不可解に、おそろしいほど恣意徒労に感じられる。すべて、おのれが空間と時間の中心からはずれたところから来る。虚空に放り出されたにひとしい。どこにも中心がなければ、遠近もない。

夜中の病院の寝静まった廊下から、人の呻く声が伝わってくる。痛みに苦しんでいるようでもない。呻くほどの痛みなら、呼び出しのボタンを押せば人が駆けつける。それよりもやるせなさ、その文字どおりの、身の置きどころのなさ、それが刻々と苦しい。時の刻みが、その刻々のあまり、停まったようになる。人の声や物音が聞こえてくれば、耳をやるにつれて空間がもどり、時間も流れ出すのに、ひとたび人に手間をかければ際限もなくなりそうで遠慮されて、自身の声を聞くことによって、宙へ浮きかけた心身をどうにか空間の中心につなぎとめようとしているらしい。

あるいは寝たきりの病人にかぎらず、人は夜々、眠りの深い底に着いたところで、おなじようになるのかもしれない。壮健な人でも思いあたる節があるのではないか。人は夜々の眠りの中で生死の境に入るのを、覚めては知らずにいる、と言った古人もあったようだ。空間の中心にあると身体が感じていなければ、おそらく眠れない。時間の流れとともにあるのでなければ、眠りはやすらかでない。しかし眠りの深さがきわまると、時間も空間もなく、どこにも中心のない虚空へ投げ出され、寄る辺のなさに、呻くか喘ぐか知れないが、身は悶える。若ければ素速く眠りの浅瀬に逃げて難もなく安眠を続けるが、年寄りは寝覚めする。悶えるには体力が要る。

実際に喘いで寝覚めすることもある。息を詰めていたらしい。夢見が悪かったようだが、どんな夢を見たか、思い出せない。ただ悶えた後のように、全身がぐったりしている。しかし寝乱れた跡も見えない。年を取るにつれて寝返りも打てなくなっている。年寄りはすべてにわたって脆くなっているのであまり深く眠るものではない、と年甲斐もないことをしたように呆れて、浅い平らかな眠りを待つ。翌朝、表をのぞけば晴れているが地面が黒く濡れていて、雨に叩き落とされた濡れ落葉が一面、地に貼りついている。

それとは逆に、前夜は寝覚めもせずに眠り通して、起きれば晴れて気分も爽やかだったのが、日の傾くにつれて頭の内からどんよりと曇り、芯がどこか茫然としたまま過ごして、夜半にほっとして寝床に就いた頃に、窓にざわめきが寄せるので表をのぞけば、大雨になっていることもある。

四十歳の前後のことだったか、あなたは雨の降るのをよく当てる、と人に言われた。幾度か、陽のまだ差している中で何となく感じて、そのうちに雨になるようなことをつぶやいたのが的中したせいらしい。若い頃の山登りの名残りだろうか、しかし自分には天気を嗅ぎ分ける感覚などありそうにもないので、まぐれ当たりが続いたとぐらいに思っていたが、厄年にかかって体質の変わり目だったせいか、体重が一年足らずのうちに十キロあまりも落ちた時期だった。悪いものの疑われる年齢でもあり、これ以上痩せたら病院に行かなくてはなるまいなと測っていた。それにしては旺盛だった。そのうちに体重がまたじりじりと盛り返し、天気のことも当たらなくなった。

女性の中にはまだ二十歳そこその頃に、戯れにやる手相見がことごとく当たった、そんな時期があったという人もある。手相だけでなく、相手の印象の全体を、どちらへ傾くか、感じ取ったのだろう。少女のあやういような感受性が過ぎがてにひときわ冴える時期だったのかもしれない。その後、さっぱりに当たらなくなり、当たる気もしなくなったという。人のことが見えてくるにつれて、と矛盾したようなことを言っていた。

そんな感受性はもとより私にはなく、しおらしい年でもなかった。しかし体重が短期間に大幅に落ちたところでは、何かの異変が身の内に萌していたに違いない。危機であったのかも知れない。それで天候に嗅覚がいささか鋭敏になっていたか。それでも若くて歩行に不自由もない間は、あまり受け身には物を考えないものらしい。夜の眠りの中で天の重さに感応することはあったかもしれないが、寝返りは自在、いくらでも打てた。時折りの不眠にはなやまされたが、いったん眠りこんでしまうと、寝覚めもしなかった。その後、何事もなく、病院にもかからず、自身の内に何が起こっていたのか、知らずじまいになった。

夜中の病院の廊下を小走りに急ぐ足音をしきりに耳にして、表は雨になったか、道理で喘ぐようにして寝覚めしたはずだと合点するようになったのは五十歳も過ぎて、半月ほども仰臥固定の苦行を強いられた間のことになる。翌朝、人にたずねると、たいてい当たっている。重い病人が息苦しさを訴えるのは雨の降り出す前であり、とりわけ降り出すまぎわが苦しいようで、降ってしまうとむしろ落着くとも聞いた。自分の寝覚めの間合いも、天候の変わり目にあたるようだった。寝たきりになった人体は天の動きに支配される。それにつけても思い当たる節があった。思うことを忌むようだったが、寝たきりの寝覚めの、受け身一方の頭の中から、払いのけられなかった。

その二十年前に、入院中の還暦過ぎの母親は春先の風が埃を巻きあげて走る午後から、前日までは手洗いにも通っていたのに呼吸困難におちいり、宵の口に地を叩いて降り出した大雨の、夜の更けかけてあがる頃に息を引き取った。静まりかえった中を吹き返しの風の音が二声三声、甲高く渡った。

母親の逝ってから十年ばかり後に八十歳の手前で亡くなった父親は半年も病院で寝たきりのうちに、胸部写真を撮ると肋骨がへしゃげたようにゆがんでいた。内圧が衰えたので、大気の圧力に耐えられなくなっている、と医者は言っていた。夜明けの、やはり天気の変わり目だったか、咳の発作で心臓が停まった。

それから四年後に五十代なかばの姉は夏の盛りの、暑さのあまり空の白濁した午後に、意識はもうなかったが、両の手をわなわなとさしあげてはおろすという動作をくりかえしていた。その夜は未明から雷雨になり、遠のいてはまた近づいていつまでも続き、夜明け前にようやく雷鳴のおさまる頃に、病人は息を引き取った。夜の明けはなたれた頃には晴れあがり、やがて炎天になったが、午後からまたはげしい雷雨になった。

退院の目処《めど》のつかぬ私をしばしば日曜日の暮れ方にたずねてきてくれた兄は、それから半年ばかり後に亡くなった。還暦までにまだ年を残していた。九月の雨もよいの日の、暮れ方に細い雨の降り出した頃だった。

その兄の時には入院療養中だった母方の里の当主の従弟は年が改まってから私のところに丁重な手紙を寄せてくれて、その間の自身の闘病のことにも触れ、死ぬのもおそろしくなくなるほどの苦しみでした、と振り返っていた。私の入院の仔細も兄から聞かされていたようで、何という一年だったでしょうか、と結んでいたが、そのまた翌年の一月に亡くなった。

その葬儀に駆けつける途中、新幹線の中では晴天だったのが、支線を乗り継ぐにつれて曇り、平野から山間にかかる頃には雪がちらついて、母方の里に近づくと空を掻き消して見る見る積もるほどになった。棺の中の死者の顔は五十歳にかかったばかりにしても、雪明かりの中で青年のように若かった。

三人のうち、最初に心配されたのはこの自分ではなかったかと考えると、こんな遠い山際まで自分の足で来たことが、あやしいように感じられた。


十一月に入って長雨の癖がようやく尽きたか晴天が続くようになったが、日没の赤さはもう冬めいて、今年は春らしい春も、夏らしい夏も、秋らしい秋もないままに、暮れていくのかと思われた。そのうちにまたどんよりと曇って風もなく冷えこむ午後に、机の隅に置いた箱に小物が乱雑に投げこまれているのに目が行って、わずかなことにも不精になったか、と片づけるともなく掻きまわすうちに、底のほうから新聞の小さな切り抜きが出てきた。近頃は世間のことにもめっきり関心が薄くなり、新聞にもざっと目を通すだけなのに、何事だろう、と手に取ってみれば、京都の街からオーロラが見えたとある。江戸時代のことである。

切り抜きの端から、九月の下旬の記事と知れた。あの時、一読して昔のことながらまさに仰天して、再読しても信じられぬようで、後日じっくり読み返すつもりで切り抜いておいたところが、それからも雨がちの天気が続いて、オーロラのことなど思う気分になくて、打ち捨てておくうちにすっかり忘れていたものと見える。

明和七年、一七七〇年のことだという。その異象を伝える古文書の中の絵図の、写真が記事に載っている。あらためて見れば、占いの筮竹《ぜいちく》を束ねたような太い柱が、直立するのを中心に左右十本ほどずつ、扇形にひろがっている。色彩はわからないが、それぞれ天へ射す光芒と見える。前面に山々が小さく点描されている。北山の方角になるか。かなりの広角にわたって射したらしい。

半天を覆い、天の川を貫いた、と別の日記では書かれているそうだ。想像するだにそらおそろしい。仰ぎ見て慄えの来るほどのものだ。底知れぬ怖れへ惹きこまれる。音にならぬ轟きが天から降るように感じられる。怪しい光が天を貫くのは、たしか、凶兆の最たるものではなかったか。

太陽の表面の爆発による磁気嵐のなせる現象と現代の科学は分析した。計算して画面に再現すると、絵図に描かれたところと重なるそうだ。最大級の磁気嵐と推定されるという。磁力線に触れると金属に電流が生じるというようなことは学校で習ったが、よくも覚えていない。そんな強力な磁気嵐が吹けば、北極には遠いところでもオーロラは立つのだろう。京都だけでなく、国内のあちこちに見られたという。

近くは阪神の大震災の時刻にも、あれはまだ冬場のたしか夜明け頃のことだったが、不思議な発光を見たと聞く。その何年か後に私が直接に聞いたのは、神戸よりはよほど北になるが断層帯の延長線上にあるという公営競馬場の人からで、あの夜明けにコースに出て馬に稽古をつけていると、白光が閃いて、馬たちが一斉に嘶いたが、馬上の人たちは地の揺れるのも知らず、そのまま調教を続け、馬場からひきあげて来て、厩舎内の惨憺たるありさまに驚いた。天からともなく地からともなく、あまねく閃く光だったという。

その話を聞いた時には、人はあれほどの異変の場に居合わせても、たまたま身を置いたところがわずかに違えば気がつかず、日常のいとなみを続けるぐらいだから、まして先のことの予兆となると、あらわなものでも、知らずに過ごすのだろう、と人の感受力をはかないように思ったものだ。まして二百五十年も昔のことではいまさら、いかにおそろしい予兆めいた異象でも、科学の解析するところにまかせて、その理がわかってもわからなくても、そういう原因のことなのか、と始末をつけるのが、今の世の人間の習いである。

それでもオーロラを見あげて何の予兆かと慄えただろう人の心に染まって、歴史の年表を取り出してたどると、すでにその三十八年ばかり前に畿内から西の国々が大飢饉に見舞われている。オーロラの当時の高年の人ならまだ記憶に濃く遺っていたはずだ。さらに十五年前には東北が大飢饉となり、近年にも諸国に旱魃が続き、一揆が頻発して、伊勢のお蔭参《かげまい》りが流行したとある。そしてオーロラを見た年から、また諸国に旱魃が起こり、翌年にまで及んでいる。

予兆どころか、厄災の最中に見た天の異象になる。いよいよ末世の、その末期がすでに来ていた、と人はむしろそれまでのことに思い当たったか。それでも大方はお蔭参りのようなものへ狂い出るわけにもいかず、かつがつの暮らしを、オーロラが立とうと立つまいと、続けたのに違いない。まもなく幕府では田沼意次が老中にあがり、大都市を中心に泡の景気に入ったようだ。しかし三年後には疫病の流行を見る。その二年後には三原山が、その翌年には桜島が大噴火を起こす。そしてまた四年後には浅間山が大噴火して、東北を中心に、天明の超大飢饉が始まる。京都にオーロラを見てから十三年後になる。北国ではいっそう強く、再三にわたって、オーロラは立ったのではないか。

天明の大飢饉は五年も続いて、餓死者は十万二十万にのぼると伝えられる。それをはるかに上まわるとも言われる。当時の人口からすればかなり高い割合いになるのだろう。飢えてさまよい出た者たちに、戸を閉ざした家もあったという。あったはずだ。我が身がぎりぎりのところで生きているので、人に食物を分かてば共倒れになる。余裕があるのに、見殺しにした者たちもあっただろう。どの土地の者だろうと、どの階層の者だろうと、直接にせよ間接にせよ、それぞれのやり方で、飢餓者たちを拒んだと言えるのかもしれない。後の世のわれわれも、人を拒んで生きながらえた者たちの、その末裔と考えるべきか。

餓死者の肉に手を出した者もいたと伝えられる。生きながらえた者の末裔として、この非業には瞑目するよりほかにない。事ここに及んでは、言葉はむなしい。そこまで飢餓に追い詰められた者のあらかたが、やがて餓死者の列に加わったものと思われる。飢えがきわまると、薄い粥でなければ、たちまち吐いてしまうと聞く。吐いたきり力が尽きるともいう。それでも生きながらえることになれば、そのことを忘れて暮らすよりほかにないのだろうが、肉体のほうは、とりわけ胃の腑は覚えていて、ときおり物を喰えなくなることがあるのではないか。

これにくらべればはるかに安楽なことだが、私自身にも敗戦の直後の子供の頃に、腹はへって、ひもじいほどなのに、食べ物が喉に通りにくいということがあった。もとより食糧の欠乏した時代のことであり、芋だろうと豆だろうと麦飯だろうと、好き嫌いをするわけでないが、食べる物の臭いがどうかすると鼻について、かすかな吐気を誘う。栄養不良の身体が食べ物の臭いに負けるらしい。痩せ細って頭ばかりが大きく、眼は落ち窪んで、腹がふくれぎみだった。のべつ下痢をしていた。

大人たちも栄養不良の身をひきずって、暮らしに必要な物を手に入れるためには、どこまでも足を運んだようだ。麦飯ばかり喰っているのに足がむくんで、長いこと歩くうちに膝に力が入らないようになるとこぼしていた。買出しの重い荷物を背負っての帰りには、もう一歩も足が前へ出ないようになりながら、ここで腰をおろしてしまえばもう立ちあがれない気がして、惰性にまかせて行く。家までもういくらもない道の残りが、千里も遠く感じられるという。女は脇のほうに肋《あばら》が浮いているのに、乳房と尻ばかりが大きくなる、と男たちの話すのを聞いた。

あれから年々さらに安楽に暮らしてきて、高齢になるにつれ、まず足からして、似たようなところへ入って行くようだ。滅多に出歩かなくても、家の内にはさまざま、こまごまとした用事はあり、その用を足しに行く道が遠いように感じられる。これでは一朝、異変が起こったなら、とうてい生きながらえられるものでない。そんなことがなくても最期には水分も受けつけなくなり、餓死にひとしくなる。苦悶の果てには、それが救いとなるのかどうか。

しかし空襲で親たちを亡くした大勢の孤児がいたことだ。身寄りも知れずさまよい出た子を浮浪児と呼んだものだ。そのうちの多くがまもなく飢えて果てたことだろう。病死も凍死も、餓死のうちである。その孤児たちに、娼婦たちが何かと情をかけたと聞く。行きずりに呼んで物を食べさせたりしたという。自身生きながらえるためには他人の不幸に構っていられないのと、行き迷った無縁の者を助けるのと、矛盾しているようで、追い詰められた人間にとっては一体のことらしい。そういう人の情に折り折りに助けられてか、生命力が強かったか、生死の境を生きながらえた孤児も多かったはずであり、その後たどったいずれ苦難の道はさまざまだったろうが、今も存命ならば、私と同じ高齢になっている。

その中には、自分が本来、何処の誰であるか、大空襲下の何時何処でひとりきりになってしまったのか、思い出せぬままの老人があると聞く。よほどの惨景を見たのだろう。世帯を持って子をなすまでに至ったのに、晩年になり家族から離れて単独者になった人もあるという。老いてまた孤児になったか。今ある自分が本来の自分ではないと知りながら、その本来が思い出せないとは、どういうやるせなさか、想像にあまる。しかしそういう私自身、空襲下の何処かでわずかながら記憶に断層を来たしていて、それが年月に順々に繰り越され、何かの空白をつくっていはしないか。末期になり、何を思い出すか知れない。

籠りがちの暮らしには一日が長くても月日の経つのは速いようで、そうこうするうちに十二月に入り、落日の光景にもう年の瀬の迫るのを感じさせられた。老年に入ってからというもの毎年、冬至に近づく頃になると、半日の仕事をしまえた後、テラスに出した椅子に腰をおろして、日の沈むのをつくづくと、また一日の過ぎるのを惜しむわけでもないが、ただ眺めるようになった。日が低く沈みかかり、黒い影となって浮き立った西の家並みに赤い日輪の下端が触れるまでが、長い時間に感じられる。日輪の上端だけがわずかに残ってからが、またじりじりと長い。生涯のように長い。

やがて薄赤く染まった樹々の幹から、その色が徐々に高いほうへひきあげられ、そして日が家並みの背後に隠れると、地面は一度にたそがれて、ひと息ふた息ほど間を置いて、上空に残照が差し返す。東に立つ建物の、西に向いた壁に寒々とした赤光が流れる。正面の桜の樹を見あげれば、この秋は晴天がすくなくて満足に黄葉もしないうちに枯れてさびしくなった枝々に、まばらに残った葉が樹の高いところだけわずかに残照を受けて、一葉ごとに今を盛りのように照る。それもつかのまのことで、翳りはさらに高く昇って、梢だけが残照にすがり、西へ向いた壁からも赤光が見る見る褪せていく。

しかし梢も壁もすっかり暮れたかと見える頃になり、もう一度、夜となった空が重い赤味をふくむように感じられることがある。地平から光芒の射すのを見るわけでないが、そんな時、自身の本来を思い出せぬままにまた孤児の身となった老年に、もしも埋められた記憶がひらくとしたら、背後からではなく前方の天に、赤い光芒となっておごそかに立つのではないかと思われる。

夜の明けるのにも似ているか。ひとり泣いてさまよった末に難をのがれて、まだ火の手のあがる彼方に夜の明けるのを見たその時に、記憶は断たれたのかもしれない。それが老年に至り、長年の禁忌を押し分けて、想起の外《ほか》の、中天に射すようにあらわれる。ようやく我が身をいとおしむかなしみとなれば、せめてものさいわいである。我が身いとおしさとしても、すでに一身を超えた情なのだろう。

暮れるのと明けるのがひとつになることはある。

この道

年末の一日、朝の遅くに目を覚まし、家の内も外もいやにひっそりしているのをあやしんで枕もとの時計を見れば、正午をとうにまわっている。昨夜は夕飯の後にしばらく宵寝のつもりで横になったところが、気がついてみたら夜半になっていた。それから一時間ばかり半端なことをして起きていたが、寒さに身の置きどころもなくて蒲団にもぐりこみ、どうせ眠れやしまいと思ううちに、眠りこんだものらしい。合わせれば十五時間あまりも眠ったことになる。まるで青年である。こんなことはひさしくなくなっていた。

毎年のように、日の沈むのがめっきり早くなったのを見れば、この年末はせめて冬至にかかる頃からなりとも、すっかりくつろいで、何もかもほどいてしまって、先のことは考えず、過ぎたことは済んでいようといまいと思わず、うつらうつらと暮らしたいものだと願う。朝は好きなだけ寝床にぐずついて、今日は何をするあてもないままに、何をして遊んですごそうかなどと、春の永日を想うようにするのも楽しかろう。起きて遅い食事を済ませば、一年の内に乱雑の積もった身のまわりを少々片づけにかかるが、あちこちへ手を出しては始末がつかず、どうでもよくなって放り出す。本を手に取れば、読みこもうなどという気はさらになく、眼から頭の内をさらさらと流して、声音のひと節でも聞き取ればそれで足りて脇へ置く。窓の日の移りへ目をやり、こうしていると冬の日もどうして永いものだと感心する。

毎年のようにそんなことを願いながら、ここもう十年二十年、それがかなえられたためしがなかったように思われる。老年の声を聞いてからは、それほど忙しくしてきたわけでない。年末の早々に仕事の片づいてしまった年もある。年の瀬の草臥《くたび》れはかならずしも悪いものでない。徒労感は逆らわずにいればそれなりの自足へ通じないでもない。腑の抜けかけた時には抜けるにまかせるに如くはないとはとうに心得ている。仕事の部屋の大掃除も、いつまでこんな、足腰にこたえる労働をやっていられるかとこぼしながら、なかば閑人の遊び仕事のようにやってきた。しかしくつろぐというには一点、痼《しこ》りがほぐれない。

じつはすっかり手詰まりになっているのではないか、とおそれている。こうして呑気そうにしているのも、破綻をとうに感じ取っていながらさしあたり悟るまいとしているだけのことではないかと疑われる。しかし人の暮らしはおおよそ破綻の先送りのようなものであり、いまさら途方に暮れるとは、身のほども知らぬことではないのか。今では足掻《あが》きもならぬ世の中になっているのだろうが、年の瀬のぎりぎりまで金策に駆けまわった末に手の尽きたところで除夜の鐘を聞いた人間こそ、年明けのことはなるにまかせて、欲も得もなく、存分に眠る。休息とはそのようなものだ。

長年の貧乏性が八十の歳を越した今になり、年の瀬の宵の内から翌日の正午過ぎまで眠りこけるという休息を恵まれたことになるか。それにしては熟睡の自足感もない。改まりらしきものもない。かすかに浮かされたような心地がするのは、昨日来の風邪気が、あまり深く眠ったために、全身にまわったらしく、険呑のようでもある。

一昨日は宵の口から都心に出た。忘年会に呼ばれてだいぶ迷ったが、これも最後のことになるかもしれないと考えて、家で早目の夕飯を済ませてから出かけることにした。つい三年も前までは何ほどもない道のりだったが、今の脚では長旅になる。最寄りの地下鉄までバスで行けばその先は一度の乗継ぎで済むことだが、その乗換えには階段を降りて連絡通路をたどり、また階段を降りる。むこうの駅のホームも地下の三階だか四階だかにあたる。階段はすべてエスカレーターの世話になるとしても、地上に出てから酒場まで、以前は十五分ぐらいの道だったが、今ではどれだけかかることか。

しかし人通りの中をまわりの道さまたげにならぬように控え目に杖をついて行けば、向かいから来る人も、追い抜いて行く人も、おのずとわずかずつよけてくれるようで、細い路がつねに前へひらく。ゆるい歩調を変えずに行く年寄りは、急ぐ人の目からは停まっているのにひとしく、かえって邪魔にならぬらしい。そう思いなしていっそ自分中心になってしまうと、雑踏の只中にありながらひとり、野の道をたどる心にもなる。雨の降り出した中を、急いでも甲斐がないとあきらめてゆっくりと足を運ぶように、一歩ずつ踏みしめて行けば、長年通い馴れた道のことでもあり、さほど苦もなくたどりつけるだろう。

そう考えてそのつもりでいたところが、夕飯を済ませて身仕度も整え、さて表に出ると、この寒夜《さむよ》に停留所でバスを待つのがわびしくて、つい車を拾って、ついでに都心まで直行することになった。車の中に落着くとさすがに安楽で、何を考えていたのだ、こんな夜には宵寝でもしているのが分相応の年寄りが、都心まで歩いて出ようとは、と自分をなぶるうちに、行くにつれて、しかし夜の街をひとり車に運ばれるのも、これはこれでなかなかわびしいものだと思った。街がめっきりさびれているように見える。いや、けっしてさびれているわけでない。年の瀬の宵の内のことで人の往き来は絶え間もなく、店も盛んに人を呼びこむ様子である。しかし人もひとりずつなら、店も一軒ずつで、あたりの賑わいとなってまとまろうとしない。賑わいというものから縁遠くなったこちらの、年齢の目のせいもあるだろう。新しい照明は店の内こそくっきりと隅々までひとしく照らすが、なぜか表へは明るさをひろげない、と首をかしげていた人もある。言われて見れば、行く人は店の前の明かりを過ぎて暗きより暗きへ入るように見えてくる。やがて車は広い道路に入って速度をあげると、両側の建物《ビル》は遠くなり、どの窓も灯をもらさないので、それこそ夜の野の道を走るようになった。

家に居て夜半の床に就く前に南おもてのテラスに出て息を入れていると西のほうから、風の唸るような音が伝わる。冬場の冷えこんだ夜にはひときわ近く聞こえる。一キロ足らず離れた環状線の、立体交差の陸橋をつぎつぎに越えて行く車の音である。その彼方《かなた》に潮騒のように差すのは、そこからまた南西へ隔たった高速道路の音らしい。それらの疾駆の唸りの底からどすんどすんと重い物で地を叩くような音が、道の脈拍のように、等間隔を置いて響く。どうやら立体交差に渡した橋桁の継ぎ目が車に踏まれ、押しつけられ、跳ねもどる、その振動が継ぎ目ごとに共鳴するようだ。耳をやっていると、橋桁の継ぎ目継ぎ目に身を削ぎ抜かれるようにして車を運転する人の、刻々の孤独感が思われる。救急車の音も聞こえる。一度耳につくと、どこまでもたどらされる。遠くなり、ふっと音が絶えたかと思うと、別の方角から近づくこともある。冷えこんだ夜半にはとかく救急車が呼ばれるようだ。病人の辛抱が限界に来る刻限はあるらしい。

予定どおりに歩いて出かけていたら、いまごろはどこの連絡通路をたどっているとやら、と車の中から思った。とうに先のことは考えなくなり、一歩ずつ、今を踏んでいるのだろう。足腰もそれなりに定まり、なまじ杖をつかずにかるく浮かせて、まわりの雑踏にも触れられず、すっかり楽になって行く。生涯、こうしてやって来たようだ、脚の達者だった時も同じこと、と思っている。車で行くなんて、かえってわびしくて、と笑う。

車はまたやや狭い道に入って街の人気《ひとけ》が近くなり、信号にかかって徐行するたびに似たような、年寄りの行く姿が見えては後へ置かれる。くりかえし現われる。急いではいないが、用がないでもない足取りである。出歩くこともすくなくなった隠居が年の瀬の宵に、夕飯も済ませてから親類縁者のところへ、年の内に大事な話をつけておくためにわざわざ足を運ぶ。話はつかなくても、顔を出しておくだけでも、先方はその足労を徳として、年明けに事がこじれずにおさまるという。昔のことで今の年寄りにはそんな功徳もないのだろう。家も家族もあるのに夜になると身の置きどころもなくなり、あてもなく街をさまよう年寄りもあるとか聞いた。しかしそんな境遇にもなく、とうに人まじわりを避けて、人出もうとむ頃になり、年の瀬に少々の晩酌をして居眠りをしていたのがやおら立ち上がり、ひとつ年の景気を見てくるかと、さっさと出仕度して、家の者のとめるのも聞かずに、寒空のもとへ出て行く。

しばらく家にこもる間にも変わるなと呆れて行くうちに、町の様子がまるで見知らぬようにも、よくよく見知ったようにも、交互に感じられる。すっかり知らぬ顔ばかりになった、あたり前のことだが、と思うそばから、行きかう人がどれも、老いも若きも、知った面影を目もとから浮き立たせる。これでは、死んだ者たちとも逢いかねない。まだ生きながらえている身として、どう挨拶したものやら。そう迷うのは、のんびりと歩いていても、どちらの境にいることになる。こうしていても人に見られているのでこちら側にまだ留まっているのだろうが、物陰に立ち停まってあたりを見まわしたら、見まわすばかりになったら、そのままあちらへ移ることになりはしないか。

あそこの年寄り、つい去年の暮れに、寒い夜の更けかかる頃、町角の物陰に身をひそめるように立って、通る人をつくづくと眺めていたのに、と後になって思い出す近所の人もあるだろう。

冬の夜は赤く明けそめるものだと眺めた。それでいて赤光はいつまでも上空へ渡らず、地平に凍りついたように凝《こご》る。二十年あまりも昔のことになるか、雪の降った翌日の午前に、家の近間にある馬事の公苑の、放牧場のそばを通りかかると、人も馬も見えぬ中、ヒマラヤ杉の大木がいきなり幹の内から軋んだかと思うと、風もないのに樹冠をゆさゆさと揺すり、ばりばりと乾いた音を立てて、幹のなかばから折れて上半分が垂れさがった。その折れ口の赤さが、あたり一面に積もった雪の中で、目に染みるようだった。あの凄惨なような赤さに似ている。

寒天の夜明けはいつでもそうなのか、厳冬期のそんな時刻に表をのぞくなどということはめったにないので知らない。それでもいつだか、何か夜詰めの事に追われた末に、短い時間昏々と眠り、夜明けにふっと目を覚まし、東の地平に赤く凝った曙光を眺めて、さしあたりもう一歩も前へ進めない、とつぶやいたことがあったような気がする。若い頃から、そんなことが節目節目にくりかえされたようでもある。

年明けには寒さがいくらかゆるむような予想もあったが、新年に入っても夜の冷えこみはさらにきびしい。この冬は訪れが早く、十二月の初めからもうひと月も冷えこみが続いているので、寒の入りという節目もなかった。寒さに倦むというのも例年は寒の明ける頃のことなので、これでは先が思いやられる。

かわりに、旧年は夏から晩秋まで曇天雨天が尾を曳いていたのに、十二月に入ってから晴天が続いている。午前中に硝子戸越しに見るかぎり、降りそそぐ日の光は春めいて、枯枝に木の芽もふくらんでいるのが見えても、午後から風が吹けば見た目にも寒々しく、夜になれば相変わらず冷えこみがきつい。私の住まいでは共同の古手のスティームが夜半になれば切れて、ほかに暖房もないので、机に向かう背中に寒さがしんしんと染みてくる。つい二、三年前まではそんなにも寒さに感じなかったようにも思われる。年寄りの冷え性が出てきたようだが、家の内では深夜にも素足でいる。

晴れて風の渡る日には北国の大雪を思う。風陰の日溜まりに温もっている自分が、五十何年も昔に北陸の大豪雪を知った身でもあり、罰あたりに感じられる。折から信越線で電車が雪に立往生して、四三〇人もの乗客が夜から翌朝まで十五時間も車内に閉じこめられたということが伝えられた。今の自分の身体ではとても耐えられない。

その昔、やはり一月の晴れた上野を発って、大雪と大雪の狭間《はざま》の、信越を抜けたことがある。碓氷峠を越して軽井沢も過ぎ、小諸、上田と、佐久の盆地を抜ける間は一面雪の原でもまず晴れて滞りもなかったが、長野に着くと雪がちらついて列車は長いこと停まり、つい年末にもこの先で列車が長時間、雪に閉じこめられるということがあったばかりなので、ここで運休かと覚悟しかけた頃、そろそろと動き出した。やれやれと胸をなでおろしたが、行くにつれて雪は降りしきり、両側は白い壁になり、やがては車窓のすぐ外から雪けぶりにふさがれ、妙高赤倉のあたりになるか、停まってくれるな、停まってくれるな、と刻々と念じるうちに、ようやく日本海側へ抜けた。

北陸でも海側は雪が浅くて、直江津を出て糸魚川、親不知と、海は荒れて波が車窓まで迫るように感じられたが、魚津から富山に着き、高岡も過ぎて、あとは倶利伽羅《くりから》峠を越えるばかりになったところが、思いのほか雪が深くて列車は行きなやむようになり、ここで捕ることになったかとおそれたが、どうにか平野に降りて金沢にたどり着いた。雪あがりのたそがれ時の街を駅前から、乗り物の中で気を揉むのにも疲れて、融けかけてまた凍りついた雪の道を踏んで、重い荷をさげて下宿まで半時間ほども歩いた。まさか日ならずして、街全体が雪に閉じこめられることになろうとは思いも寄らなかった。

雪は十日あまりも、日夜を分かず降り続いた。来る日も来る日も、屋根にあがって雪をおろした。朝飯を済ましてから梯子をかけて屋根に取りつき、日の暮れるまで雪の中で働いても、おろしたところからまた降り積もっていくようで、徒労にも感じられたが、明日のことを思って疲れるようなことはなかった。まだ二十五の年齢《とし》だった。暮れきって雪明りばかりになる頃に大屋根を降りて、中庭に積まれた雪が小屋根の廂にかぶさっているところを、そのままにしておくと廂が折れるおそれがあるそうなので、立てたスコップの先で雪を切り落して行くにつれて、階下の部屋の灯がほのかに雪の中へ射してくる。

それから橋を渡って銭湯に行き、燃料も乏しくなって湯の入れ替えもままにならぬか、とろりと脂の溜まったような湯に温まって帰り、大き目の銚子の熱燗に、この雪にも橋詰めに店をひらいている屋台から下宿の主人がみずから岡持ちを提げてあつらえてきたラーメンを汁物《しるもの》にして大飯を喰らう。酔って腹が満ちれば二階にあがって早々に蒲団にもぐりこみ、雷が鳴って霰が屋根の凍りついた雪に弾けるのを耳にして、明日は今日の雪おろしの跡も見えないほどに積っているのだろうな、と思いながらまもなく眠ってしまう。

春になり雪もすっかり消えた頃に表から二階の屋根を見あげて、よくもあんなに高いところに立っていられたものだといまさらすくみそうになったが、雪の降りしきる中ではあたり一面、上も下も白一色になって高度感も失せ、けっこうな傾斜の上で足腰の構えもおのずと定まり、不安らしいものも覚えない。スコップで掬《すく》った重い雪を放るたびに右の手首を返すので、日数が重なると暮れ方にかるい肉ばなれのような疼きを手首に覚えるようになったが、一夜眠れば何ともなくなっていた。足腰の痛むこともなかった。

若さとはたいしたものだと今からは思われる。それにしても、この自分としては出来すぎである。豪雪という自然の力に圧倒され、心身が畏れにひき締まり、つれて高揚もしていたようだ。深い雪靄があたりをつつんで、すこし先も見えなくなると、小路を隔てた家並みの、家々の屋根から、雪をおろす人の息づかいばかりが伝わる。いくらやっても甲斐もないようなことをそれでも続けるまわりの力仕事の呼吸に、こちらもいつかひとつになり、先も後もなくなり、今になりきっている。雪空と積雪の間には、それでも上から降りる光と下から返す光とがひとつになり、ひとしく白く漂って、人から影をなくす。顔も陰影をぬぐわれて個有の面相がなくなるように感じられる。

雷が鳴れば、雪がひときわ繁くなる。雪を呼ぶこの雷のことを、当地では鰤起こしとも、蟹起こしとも呼ぶ。この大雪では海が荒れて舟も出せないが、いまごろは荒い波の底で蟹が大きく、病いのように、育っていることだろう。こうして雪おろしにはげむ身体の底にも何かが兆して、育ちつつあるか、知れたものでない。そんなことを思いながら仕事を続けていた。

住人たちの立ち退いた山村の、雪の降り積もるにまかせた屋根にあがって、ただひとり、雪おろしを続ける老人に目を瞠った。テレビのニュースの画面の内のことだ。中越の大震災の折りのことだったと思われるが、記憶はたしかでない。何年前のことか、近頃はめっきり年月が数えられなくなった。とにかく、自身もすでに老齢に入っていた。このまま放っておけば雪の重みで屋根はつぶれる、それを何とかしようとして人もいない村に入ったのだろうが、どの屋根にも深く積もった上にさらに降りしきる雪を見れば、徒労でしかない。しかし自然の威力にたいして人の労働があらかた徒労であるのは昔からのことで、それを承知の上でしばし耐えて労苦の実《じつ》を守ることによって、人の暮らしは代々継がれてきたのかもしれない。雪をおろす老人の呼吸には身にも覚えがあった。二十五歳の青年も雪おろしの一日の暮れには年寄りめいた動作の間合いになっていた。あの老人も徒労感のきわまったところで自足したように屋根を降りたに違いない。テレビの取材班の車も入っていることだから、帰りの雪道に迷うこともないだろう、と腕組みをほどいて、いつか画面が変わって騒々しくなったので、テレビの前から腰をあげると、足がたわいもなくよろけた。

雪がいくら降っても、すこしも困らない、と老女が話していた。中越の震災とは別の大雪の年の、たしか信越の境の、雪に孤立した山村のことだったかと思う。これもテレビのニュースで見たことだ。お米はあるし、漬け物もたくさん仕込んであるので、と言う。ひとり暮らしらしい。雪に孤立したと言っても村に人がいなくなったのではなくて、役場も働いているようで、家々の前には屋根からおろした雪が軒よりも高く積まれてその間に路も通っていたが、住民たちは街まで車で仕事や買物にかよう暮らしのようで、ちょうど麓までどうにか開いたばかりの、雪の切り通しのような道へ、尽きかけた食料などの調達に、雪崩のおそれはないと許された時刻を限って、待ちかねてつぎつぎに車を繰り出す。その光景を画面に眺めたところだったので、老女の悠然とした言葉が耳についた。

なるほど米の飯と漬け物と、それに味噌醤油があれば、ひと月やふた月、食の用は足りる。味噌汁の出しは煮干しで取る。干し椎茸もあるだろう。切り干し大根もある。葱は土の中に寝かしておく。魚なら、塩を吹いた鮭に、かちかちの棒鱈《ぼうだら》。そして干し薯に干し柿に勝栗《かちぐり》。豊富なものだ。そんなことを想像するうちにそれらしいにおいが、我が身の内からもふくらんでくる。都会育ちの人間でも思い出してみれば子供の頃には、家の台所の床板を一枚あげれば下に味噌壺や醤油瓶や、漬け物の樽がしまわれていた。漬け物は熟《う》れていく。味噌には黴が生える。醤油にも黴が浮く。どちらもさらに熟成中、つまり、穢《な》れつつあった。秋には軒に吊す薯や柿も、乾いて白い粉をふく頃には、においも変わってくる。そして家の厠のにおい、汲み取りたてこそなまなましく鼻をつくが、あれも日を追ってまろやかなようになる。

　酵母菌だか腐敗菌だか、とにかく熟成の、穢《な》れのにおいの中で育った。私の母親は造り酒屋の娘でもあった。北陸の大豪雪の折りの、金沢の長い小路に面した下宿の家は、玄関口から土間が裏手の疎水への木戸口まで続いて、片側にカマドやナガシがあり、奥のほうの暗がりに、高い天窓が白い光をわずかにひろげる。雪おろしの朝ごとに、土間をそこまで来るとスコップをついて深く息を吸いこみ、肥壺の大きな厠《かわや》の手前から中庭へ出て、屋根にあがる。大屋根の端に一夜の内に積もった雪を梯子の上からスコップで搔き落として屋根に取りついた時には、肌が汗ばんでいる。雪に囲まれると、雪には雪のにおいがある。それが暗い土間のにおいにどこか通じる。汗ばんだ肌からも似たようなにおいが襟もとに昇ってくる。

　そのにおいが身のまわりから失せたのは、三十歳も過ぎて現在のコンクリートの住まいに越してきてからのように思われる。味噌にも醬油にも黴が生えないようになった。餅にも黴を見ない。つれて人も、防腐剤に染まったのでもなかろうが、年月の熟成の暗さをいささかまぬがれて、その分だけ楽になっている。しかしそのにおいはひきつづき内心の深くに埋めこまれて折りにつけ、暮らすことの憂さとなって昇ってくる。

あるいは、ここに越して三年もして、母親を亡してからのことだったか。

この道や行く人なしに秋の暮、と芭蕉の晩年の句ではないけれど、この頃は曇って肌寒い暮れ方に道を行くと、あたりに人気《ひとけ》もないような心になることがあるな、と老人が話した。うかうかとするうちに八十を越してしまったと聞いていた。私は五十の坂にかかるところだった。

いくら寒い日の暮れでも街に人通りが絶えるわけはない、こちらのほうが周囲の景気からこぼれるのだろう、と笑っていた。景気と言ったのは、人の往来する賑わいのことらしい。

「この道や」のこの「や」だな、としばらくしてつぶやいた。目の前の道を見ているのだろうか、それとも目には見えない、しかしいつだかつくづくと見たはずの、ほかならぬひとつの道を思っているのだろうか、と記憶をたどるような目つきになった。

もうひさしく見なかった顔に道で行き逢うということが、昔はよくあった、今ならおたがいに気がつきもしないで通り過ぎてしまうだろうよ、と話をもどすようだった。向かいから来る人の、覚えのある雰囲気がよほど遠くから目にとまったものだ、と言う。一歩ごとに年月の隔てが詰まって、それにしてもあまりにも昔のままなので、面影の人違いかと迷っていると、むこうも目を瞠る。その目をほどいて、きまりわるそうに笑いかける。通る人の姿を浮き立たせる家並みでもあったな、人に行き逢いやすい季節や、時刻はあったようだ、今にくらべれば道は閑散としていた、と話を切りあげた。

閑散としていたと言われれば私自身にも子供の頃に、路地の角に立って表通りを行く見知らぬ人の姿をひとりひとり遠くになるまで目で追った覚えはある。あれから何十年、街も人も変わりに変わったその末に、折りから世間はまた、後に泡と呼ばれた景気に入っていた。戦災をわずかにまぬがれた界隈が、来るたびに雰囲気を異にしている。古い屋敷の、火事に遭って黒焦げの残骸が目につく時期もあり、地上げ屋の仕業ではないかと疑われた。半年もして通りかかれば、その跡に小綺麗な中型のマンションが建っている。経済成長期の初めに建ったはずのビルの、解体される工事現場も見かけた。長年昔のままに置かれたような裏町も、ところどころに小型のマンションがはさまるにつれて、見知らぬ道のようになる。行く人の姿が、地元の人もあるだろうに、どれも行きずりに見えてくる。

空間も時間も変わった。老人の言ったとおり、昔の知り人とすれ違っても気づかず、また気づかれもせず、通り過ぎているのだろうなとその時には思ったが、自身はまだ、たいていのところに迷わずに行けた。昔の知り人というような感覚にもうとかったようだ。ところがそれから何年かして大病につかまることになり、春先から梅雨明けの頃まで静養させられて、初めての夜の外出の折りに、よくよく通い馴れた酒場の間近までまっすぐに来ながら、何に惑わされたか、人通りの多い交差点をぐるぐると、半時間ほども迷い歩かされるということがあった。それでいて一向に途方に暮れたようにならなかったのが訝しかったが、あれは病後の感覚失調、寝たきりの時期も長かったことでもあり、所の雰囲気を感じ分ける勘に俄に見捨てられたのだろうと取りなした。しかし還暦を過ぎると、知ったはずの道に、まるでわざとのように、迷う自分がいた。

道をどこかで違《たが》えたことは早くから気がついているようなのだ。それなのに見知った雰囲気にひかれてずんずん行く。あの頃はまだ足腰も達者なものだった。そのうちに、見知った感じがはたと落ちる。若い頃の山登りから道に迷いかけた時の心得はあり、間違えたところまでひきかえすことにして、よくもこんな知りもせぬ道を知ったつもりで来たものだと呆れるうちに、ああ、この角だった、と見つけて自明のように折れる。その道でも途中で立ち停まる。間違いに気づいてひきかえしてはまた間違える。同じことをくりかえした末に、自分の居所の見当もつかなくなり、誰か知っている人が通りかからないものか、とあてもないことを思っていると、最後の角を折れるしるしの看板が目に入る。折れて行けば、一歩一歩、間違いもない道である。しかし最前もこの途中で立ち停まったような気がしてならない。迷い出ようとして、迷い出られずにいるのではないか、と疑った。家へ帰る夜道でこんなことがあったら、考えなくてはならないな、とも思った。

暮れ方に近所へ散歩に出たきり帰らなかった老人の話を耳にしたのは、自身も老齢に深く入った頃のことになる。夜になり家族がしきりに警察に問い合わせても、どこにも保護されていない。夜が更けても、夜半をまわっても、行く方が知れない。家族はまんじりともせず一夜を過ごして、翌日になっても行く方は知れず、そのまま午後になり、これは何かの事件に巻きこまれたのではないかとおそれるうちに、日も暮れかかり、本人がふらりと家に入ってきた。まる二十四時間、それも寒くなる頃の夜の、どこをどう迷い歩いたのか、どこでどうやすんだのか、家族が問いつめても、本人は覚えがなくて、知れぬままになったという。聞いて私もそうは年齢の隔たっていない人のことなので背すじが寒くなり、どうしたことだろうかと思いやったが、本人には記憶がなくて、家族も聞き出せないとなると、第三者の想像の及ぶところではない。老齢の喪神は侵すべからざるもののようにすら思われた。

やがては、どう迷ったのかということよりも、どうして家に帰れたのか、どこで家への道が見えてきたのか、という訝りのほうが遺った。こちらの顔を見知った人に行き逢って、様子を心配され、家の前まで送られたということは考えられる。しかし長いこと行き迷った末に、どこかで知った覚えのある人の背に導かれるように、道がひとすじくっきりと見えるということは、ありはしないか。

そんなことを思ううちに、ある日の午後、近況をたずねて電話をかけてきた同年の旧友が、おたがいに変わりばえのしない話も尽きた頃になり、知りもせぬ人間に出会うということはあるものかね、と言う。おかしなことである。未知の人に遭って、後に縁が深くなればこそ、出会いではないか。

いや、昔よく知った顔だと見て近づきながら、声をかけそびれて通り過ぎてから、まるで知らぬ顔だったと首をかしげる、と友人は言いなおした。いっそう理の通らぬことに私はとまどいながら、子供の頃に何かのことで老女にたしなめられた、その言葉を思い出した。道を行く人は皆、たずねれば縁のある人かも知れないのだから、と言っていた。

妙なのだ、と友人は続けた。知った顔だと見て近づく自分はまだ若い。青年の内のようなのだ。それが、すれ違ってから、知らぬ顔だが誰だったのだろう、とこれもおかしなことを考えて、今の年寄りになる。通り過ぎた人の後姿は若くなって行く。振り返るのではない、振り返ろうとしても振り返れないのだ、と言う。ああ、女か、と私は腑に落ちたつもりになった。いや、俺と同じ爺さまだった、と友人はすぐに返した。

夢なんだ、年甲斐もない、とそれから言う。夢か、夢の内なら何でもある、何にでもなる、と私がほっとして笑いをもらすと、それが三晩続けて、同じ夢を見たのだ、近頃、とさらに浮かぬ声になった。夢の内のことだから前後はないようなものだけれど、夜目にも年寄りと知れる人影がむこうから来て、近づくにつれてこちらへ目を瞠り、右手をゆっくりと肘からもたげて、ここで会ったかとばかりに振るかと思ったら、ゆるくひらいた掌を半端に宙に浮かせたきり、来いと招くでもない。行けと捨てるでもない。気がつけば自身、その手つきを真似ては眺めている。その腋のあたりから、老臭が昇ってくる。

三晩も続けて同じ夢を見るとはな、と私はこだわった。何のしるしだろうか、とは言わずにおいた。三晩続けてだったかどうか、これもあやしい、と友人は取りなした。夢というのは寝覚めの際からさかのぼってつくられるようでな、年寄りの寝覚めは昨日も今日も明日もない、とにかく年をここまで取ったということだ、と話を切りあげるようだった。近頃よく眠れているのかとたずねると、我ながらよく眠るよ、まるですっかり伸びきったみたいに眠るな、たまに夢を見ても、いまさらつまらぬことをと呆れる間に忘れてしまうと言う。

どこの道だった、その年寄りと出会ったのは、と私はたずねていた。さて、と友人はしばらく考える様子の間を置いてから、よく知った道とは感じていたな、どこの道だか知らないけれどと答えた。帰る道かと追ってたずねると、なにせこれまであちこちに越しているからな、親の代から、とつぶやいて、それにしてもこの冬は寒いな、寒くてもう長い、いつ果てることやら、しかしこの分だと案外、春は早いのかもしれない、と窓へ目をやるように声がやや遠くなった。

正月の十五日を旧暦なら小正月と呼んだか。小豆粥などを祝う風習も知らぬ戦中戦後の育ちだが、その十五日も過ぎて翌々日には暮れ方から雨が降り出して、夜にもしとしとと降り続き、机の前を立って表のテラスに出ると、ひさしぶりに息の楽になったのを感じた。なにか懐かしいような感覚だった。

十二月から毎日のように晴天が続いて、空気は乾いて冷えこみ、年の瀬によせばよいのに忘年会に出たその上に、三十日から仕事部屋の大掃除にかかり、たいていに済ますつもりだったのが大晦日にかけてだいぶの屑を出すことになり、埃も吸いこんだようで、元日の夜から咳に苦しめられた。咳は新年の店の開くのを待って売薬でおさまったが、後に腰痛が遺った。咳は腰に響く。咳つのる時には、聞き分けもない我が身をこれでもかこれでもかと懲らしめるような、物狂いめいた境がある。

まるで如月《きさらぎ》の雨とやらのようだ、まだ寒の内に、と土を静かにうるおす雨の音に、聞こえもしないのに耳をやった。枯木の枝に点々と、遠い街灯のあかりを受けて光るようなのは、小枝にすがる雨の滴と見えた。呼吸がやすらかになっただけでも、しばしの蘇生感はある。暗い道を長いことたどってきて、力も尽きた頃に、東の空が赤く明けそめて、あたりの枯草が穂先からあからむのを見渡し、着くべきところに着いたことを知る。そんな安堵の心を夜ながら遠くへ思った。

その雨の降り出した暮れ方に知人から電話があり、年末の忘年会に集まったほぼ全員が、後で咳に苦しめられたと伝えた。熱は出なかったというのも私と一緒だった。あの顔ぶれが揃って咳こんでいるところを思うとおかしいようだったが、自分こそこれでもまだ世間とじかにつながっているのだ、と妙なことに感心させられた。

薄曇りの空から陽ざしが降りて早春めいた日もあり、やがて大寒の節になった。その日は晴れて、日の光の渡る空さえ眺めていれば、今年はここまでももう長くなった厳冬に苦しんだ身体の、節々がけだるくたるみそうに感じられた。いまさら大寒かと思わされたが、土曜日にあたり、週明けにはシベリアの大寒気が降りてくるその上に、太平洋岸に沿って低気圧が通るので、大雪になるおそれがあると予報された。しかしそんな気配もなく、暮れ方にはやわらかな落日を、さすがに冬至からひと月ほども過ぎたかと眺めた。夜半には冷えこんで、遠くを行く車の音が冴えて聞こえた。
翌日曜日も雪の前触れぐらいは見えるかと思ったらひきつづき晴れ渡り、空は一段と春めいて、午後から机に向かっていると、半日も長く感じられた。夜にはやはり冷えこんだ。あたりが静まり返った中、西へ隔たった環状線を行く車が、寒気を擦って疾駆するように聞こえた。どの車も夜半の道をひたむきに、今を刻々と背後に切り捨てて走る。

あの道を人の急な夜に車で駆けつけたことは私にはない。しかし母親と父親がそれぞれ息を引き取った病院はどちらもあの道路からほど遠からぬところにある。私自身が五年ほども前から、ここがおそらく最期のところになるだろうと思い定めた、家の近間の病院こそあの道路にさらに寄っている。再三の入院の夜に、寝静まった病棟の内まで押し入ってくる車の音に耳をやり、いずれ遠からぬうちに、この音に道を運ばれる心になって果てることになるのだろう、と観念したこともある。

あの道をさらに先へ行って別の街道へ折れ、県境の川に近くなれば、私の生まれ育ったあたりになる。青年の頃にはしばしばその川岸をあてもなく歩きまわった。そこまでここから車ならいくらもかかりはしない。人は迷い歩いても、生涯、そんなにも遠くまでは行けないものだ。そう思うと、心身も憮然として静まり返ったものか。冷たさが肌の内まで染みこんでくるようで、退散して寝床にもぐりこんだところが、まもなく電話が鳴り、人から告げ報らされることがあり、身をもてあまして台所に立ち、冷や酒をあおることになった。気がつけば夜半をだいぶまわっていて、未明のことだったと聞いたので、とうに昨日と過ぎた日の、二十四時間も前のことだったか、といまさら数えた。つゆ知らずに、と出かかった言葉をのみこんだ。

翌朝は霙に霰もまじり、やがて雪になった。午後には降りしきり、見るまに積もって、住まいの南おもての桜の樹も白くなった。晩の報道には都心のターミナルの広い連絡通路を埋め尽して改札を待つ人の群れが映された。列は進むとも見えない。あの中にもしも、行きはぐれた縁者を探す身となったとしたら、さぞや途方に暮れることだろうと眺めた。夜にはその雪もやんだようで、更けて表をのぞけば桜の枯木の、何十年も風の吹き抜ける道に育って、おもに西から吹きつける風に抗して風上へ、そしてつりあいを取るためにか風下へも、長く低く、頑《かたくな》のように詰屈しながら伸ばした大枝が、重い雪の塊りにこびりつかれて、さらに撓むようだった。

樹木は風に枝を吹き取られ、雪の重みに折られるにまかせて、おのれを守るとは聞いていた。しかし昔、人も見ていないところでいきなり幹を軋ませ、樹冠を揺すって雪折れした大木の、折れ口の赤さが、寒い赤さが、今になり目に染みた。あらためて西のほうへ耳をやれば、今夜は環状線を行く車もさすがにすくないようで静かだった。ただ、重い物で地を叩くような音が間遠ながら、あてもないように、くりかえし響いた。

翌日は晴れ渡り、寒気は残って、道端へ除けられて融けかけた雪が日の暮れにはまた凍りつくようで、通りかかると体温を吸い取られるように感じられたが、夜更けに表をのぞけば、桜の大枝はいつか雪の重みをすっかり振り落として撥ねあがり、もとの赤裸な枯木にもどっていた。雪のかわりに、梢のほうの小枝に溜まった滴が氷結したらしく、点々と光って、夜目には小粒の花が咲きそめたように見えた。

また翌日も晴れて、雪のあらかた融けて乾いた並木路に小さな子供たちが嬉々として駆けまわるのを、孫どももだいぶ育ってしまった老年ながら、ありがたいように眺めた。

しかし寒気は続いて、四十八年ぶりの低温を記録した日もあり、月末には月蝕を見たかと思えば、二月に入って立春にも近く、朝の内にまた雪が降った。

花の咲く頃には

二月の中旬に入っても寒気はゆるまず、真冬の晴天が続いて未明に氷点下を記録する日もあった。下旬にかかりようやく曇りがちになり、少々の雨も降って、寒天を突き刺していた枯木の、梢がこころもち霞んで見えることもあったが、暮れ方にはまた冷えこむ。三日の寒さに四日の温みというような移りではなく、厳冬と早春とが一日の内に交替する。心身はこれに対応しかねる。

寒いなりに早春の匂いの漂う日には、仕事を続けている最中にも物が思えなくなる。まして考えられもせず、先も後もなくなり、居眠りにひきこまれる間際に似ているが、瞼はゆるまない。すべての動きが、身の内も外も、ひどく緩慢に、いまにも停まりそうに感じられ、時間がほつれ、空間もほどけかかる。ほんのしばしのことで、うつらとするまでにも至らずに我に返ると、時間があらためて流れ出し、空間もあらたまって立ちあがるような、脈動らしきものを覚えるが、これもしばしのことで、あとは何事も変わりがない。半日の覚醒の分にも足りなくなった活力がこうしてときおり掠れて、先を持たせているのだろうと思って止む。

色即是空だの空即是色だの、不生不滅だの、死後の霊魂の有無だの、いずれ思いもなれぬことに、酒場でどういう風の吹きまわしか四、五人して議論になり、思いのほか熱中したことがある。一同、初老の声を聞く頃ではあった。そのうちに一人が、そういうことはいくら考えても及ばぬことなので、知らずにいるのがまさに仏ではないか、それよりも日常こそ、考えてみろよ、これほど不可思議なものはないぞ、と言い放っておいて、不可思議とはさすがに言葉が過ぎたと感じたらしく間の悪そうな顔になり、ああ、常日頃な、考えることもすることもいい加減で、およそ愚劣の手前味噌、破綻しているのも知らず辻褄を合わせ合わせて十年一日、よくも厭きもせず絶望もせず、平然として生きて来れたものだ、とひと息に押し出してから、あやういところを知らずに渡っているのだろうな、と考えこむようにしたかと見えて哄笑へはじけた。まわりも貰って苦笑し、議論は沙汰止みになった。

しかしあの男、日常ほど不可思議はないとまわりの議論を破っておいて自嘲のほうへ走ったが、無限へわたりそうな話を聞くうちに、人の日常の平然さこそ驚嘆すべきもの、そしてあやういものだと本心感じたのではないか、元気そうに見えたがどういう心境にあったのだろう、と私が思いやったのは、それから何年かして、病院の夜の寝覚めの床からだった。自身は日常やら平生やらどころでなく、身動きはならず、首もまわせないので枕もとも足もとも見えず、白い天井ばかりを眺めていた。その天井からどうかすると細い糸が無数に降りて、白い蚊帳《かや》のように寝床をつつみこむ。目を瞠ってもその幻覚はしばらく晴れない。寝覚め際に、壁に背を押しつけて突っ立っていることもあった。絶対に禁じられたことを犯している。じつは背中に壁と感じているのは寝床で、目の前に白く切り立っているのは天井であり、水平と垂直とが逆転しているのだとわかっても、すぐには錯覚をほどけず、禁断の窮地に喘ぐようにしている。

その幻覚も錯覚も手術の全身麻酔の後遺症であるらしく、日数を経るにつれて間遠になったが、仰臥安静の拘束は続いていた。先も遠い。人は立居にあればこそ、時間は流れ、空間も定まるものだ、と思い知らされた。それにひきかえ視界を狭く限られたきり、昼間はまだしも病室の外を動きまわる人の足音が伝わり、窓は見えなくても日の移りは感じ取れて気は紛れるが、夜中にはあたりは静まり、目にするものは白い天井ばかりで、時間は滞り、空間もひろがったまま結ばれない。

三週間の拘束を申し渡されて無限のように長いと聞いてから、十日も経った頃であったか。手術の日の朝まで立居していた部屋の内がどんなであったか、夜の寝覚めにはよくも思い浮かべられなくなっていた。まして部屋の外がどんなであったか、想像からもはずれて、手術の前には不自由な脚ながらとにかく歩いていた自身が、遠い影に思われた。耳だけがたよりだった。夜の廊下に足音がして、ひそかにかわす声の切れはしでも聞こえれば、廊下が見えてくる。夜の深さが声音《こわね》から伝わる。

それにしても人はどうしてああも平然と、立って歩くことができるのだろう、と眠りこむ間際に不思議がる。驚嘆の念に近かった。そういう自身がやがて夢の中では一歩ずつ地を踏みしめて、あたりの平静なたたずまいをつくづくと見渡してはどこまでも歩きながら、どうしてこれができるのだろうとあやしんでいる。部屋の内が朝になり、目を覚ました後にもその訝りは遺り、日常の空間もじつは刻々と、人の動きにつれて更新するので、それで持続と感じられるのではないかと思った。人はそれと知らずに更新から更新へ、あやうい平衡を保って踏んで行くようなもので、気がついたら竦みこみはしないか、と。

いつの日になるか知れなかったが、許されて立って歩く時のことを思っていたようだ。そのまま寝たきりの状態が手術の日から数えて二週間も続いて、その先がいよいよ長く感じられた頃に、ある朝、医者がまわって来て、寝床の縁に腰掛けるように言った。それまでに寝床の背を四十五度から、七十度まで起こすことが許されていたが、背中が寝床から離れることはなかったので、さてどんなものかとやってみると、これが難なくできた。医者はその様子を眺めていたが、もう楽にして、と言って出て行った。その暮れ方、回診に来た医者はまた寝床の縁に腰掛けさせ、それだけのことかと思ったら、立ち上がって、といきなり言う。言われて、ふわりと立ち上がった。膝に揺らぎもない。何やら半端な心地でいると、医者は歩行器を転がしてきてそれにつかまらせ、歩いて、と廊下のほうへうながす。おそるおそる小足を部屋の戸口まで運んで、廊下に出てあらためて歩き出した時、小舟を岸から棹で突き放すような感触があった。歩いている。歩行器に寄り掛からずに手を添えるぐらいにして歩いている。しばらく行って振り向くと、医者の姿はもう見えなかった。

談話室まで出て七階の窓から、こんな眺めだったのかと街を見渡し、病棟の内をものめずらしく訪ねて十五分ほども歩きまわった末に寝床にもどり、精根尽きたように喘いでいた。まもなく運ばれてきた夕飯にも、疲れのあまり、半分と手がつけられなかった。

それからでも半月も病院に留め置かれて、花の咲き盛る頃に家にもどった後もしばらくは半病人の寝たり起きたりが続いたが、夏には暮れ方に近所を走るようになった。それがいつか習慣となり、日を追って距離が伸び、足もそれなりに速くなった。季節につれて陽の沈む方角の移るのを走りながら眺めた。冬になると、走り出してまもなく陽が落ちて、たちまち夜になる。このほうが人目につかなくて気楽ではあったが、しかし夜の中を駆ける自分が面妖にも感じられ、まだ病院の夜の寝覚めの床から白い天井を眺めて、走るところをこうもまざまざと夢に見るようでは、もう二度と満足に歩くことはないのではないかと考えている自分を思い浮かべて、あれとこれと、どちらが現在なのか、と考えそうになる。苦しいことは過ぎ去らず、いずれ先のほうへまわりこんで近づいて来ると思った。

あれもまた過ぎ去った。身にそぐわぬことながら暮れ方に走ることが十五年ほども日課となって続いたが、七十の声を聞いて、頸椎の再手術を受けることになり、今度はさほど大事《おおごと》ではなかったが、それを機にやめた。膝の弾力も衰えていた。そのかわりに午前と暮れ方に一時間ほどずつ歩くようにした。さっさと歩いていた。時には途中ですこし走ることもあった。これもわずか何年か前までのことのはずなのに、今では昔のことに思われる。年ごとにどころか、季節の移るごとに足が弱っていくようだ。どうかすると、揺らぎもなくまっすぐに歩いていても、ぎりぎり平衡を取っているような、切り詰めた足の運びになっている。

よくしたものだ、とある日つぶやいて、何がよくしたと自分で首をかしげた。一体、誰が言ったことかと思い出してみると、十何年も前に亡くなった旧知の、晩年の賀状に書き添えて寄越した、小さな孫を庭で遊ばせている時の感慨だった。この知人も少年の頃の大病の後遺に、高年に入ってから苦しめられていた。

三月に入って早々に、強い低気圧が通ると前夜から予報され、早朝にかけて風雨がだいぶ荒れたようだが知らずに眠り、起きれば晴れあがって風もなく、気温もあがり、春日和になったが、それにしては頭が重たく足腰も硬く、表を歩いてきても一向にほぐれず、頭を痼《しこ》らせたままの昏睡は全身を草臥《くたびれ》さすものかと思ううちに、午後になり気圧計に目をやれば、ミリバールと呼んだほうが私などには怖れの気分をふくんでふさわしいが、今風には千ヘクトパスカルを割りこんでいる。これでは台風並みではないか、とあらためて空を見あげ、天気晴朗、無風の中の、人知れぬ低気圧の支配を思った。

今日は莫迦に心地が良い、ひさしぶりのことだ、と病床から朝の光に目を細めて、その晩から昏睡に入り、夜明け前に息を引き取ったという老人の話を聞いた。早春の頃のことだったという。病人が楽しいことを口にするようになると先は長くないと言われるのとも違うのだろう。楽しいこととは、元気になったらあれもしよう、これもしよう、というようなことらしいが、この老人には時が迫っていた。窓から差す春の光を眺めて、いまこの時の、まじりけもない心地良さがひとりでに口から洩れたのだろう。至福の時であったかもしれない。

それにしても、ひさしぶりとは、どれだけの歳月が去来したのだろう。去来というものではなさそうだ。去るも来るもなくなり、生まれてこの方《かた》がここにひとつに静止する、そんな果ての境はあるように思われる。そこでは、ひさしぶりが、はじめてにひとしくなる。

まだまだ盛んで、あれもしよう、これもしようと先を望む人でも、何かの折りに至福の、影ほどのものに触れられて、いわれもないことと呆れながら、ひさしぶりという感慨の、これも影ほどのものを、しばし留めることはあるだろう。ひさしぶりとは言うものの、いつ以来のことか、たいていは思い出せない。あの時のことらしいと思いあたっても、あの時にもすでに、ひさしぶりと感じていたような気がする。懐かしさは由来の知れぬものだ。

白梅のちらほら咲き出したのを夜半に見たのはもうひと月も前、立春を過ぎてほどなく、寒気のゆるもうともしない頃だった。今年はたまたま早く目にとめたが、例年はしばらく気がつかず、ただ夜半の寝床から甘い匂いに感じて、遠い昔から漂ってくるような懐かしさをあやしんで幾夜かすごして、さてはと起きあがり、テラスに出て、白いものが点々とほころんでいるのを夜目に見る。寝床にもどり、外で眺めたよりも匂いが濃くなるようなのを、こうしていても刻々と、ひと花ずつほころぶのではないかと思う。梅の花は咲き初めにとりわけ甘い匂いを吐くようだ。

——人づまがまやの軒端の梅の花

そんな古い発句がある。わかるようで、わからない。わからないようで、いよいよ艶な姿である。せつないようでもある。室町も末期の、戦乱にかかる頃に詠まれたものらしい。世の乱れに感じての色艶《いろつや》か。連歌の発句であるから脇句があるはずだが、これにどう付けたものか。連衆は付けかねて、一句に留まったのかもしれない。

ところが今年の梅はこぼれるまで咲き盛っても、匂いが伝わって来ない。日の光ばかりが春めいたのにうながされて尚早に、蜜の分泌も足りぬうちに花弁をほころばせたばかりに、寒気にさらされ熟し損ねて、三月に入っても散り果てずにいるのかとも考えられるが、そうだとしても、咲いたからにはまるで匂わぬはずがない。こちらの嗅覚のほうが一年の内にまた衰えたのに違いない。内に精気が掠れれば、外の精気に感応しなくなる。花のことはどうでも、人にもそれぞれ匂いはあり、心の動きによってその匂いも変わるはずなので、嗅覚が衰えれば、人との交感も遠くなる。耳もめっきり遠くなった。野生の動物は耳と鼻とが利かなくなれば末期に入るとか聞いた。天敵の接近を感受できなくなる。肉食獣ならば獲物の不意を襲えなくなる。やがて群れを離れて、草むらや岩陰にうずくまり、生彩をおさめて死を待つ。最後の行為である。

暗がりに物を探りあてるのも難儀になった。やたらに家具の角などにぶつかった末に、気がついてみれば見当違いのところにいる。夜目が利かなくなったせいばかりでない。見当識には聴覚もかかわる。動作の立てる音を壁や家具が響き返す。その反響を無意識の内に感受して人はその時その時のおのれの位置を定める。あるいは音とまで言わず、動作のひき起こすわずかな空気の流れを肌に受けて、それに導かれているのかもしれない。

馬は障害物に接近すると、首の高さと眼のついた位置からして、障害物が足もとの視野の内に入らなくなるそうだ。それでもまっすぐに走って、踏み切って飛越する。乗った人間の指示もあることだが、馬自身がおのれの蹄の立てる音の、障害物にあたって返る反響を聞き取って、それで距離を測っているらしい。耳が前方へ向いて立っていないと飛越はあやういと言われる。鼻孔もいっぱいにひらいている。おそらく鼻と肌でもって、障害物の手前に起こる空気の乱流を、ひと跳びごとに感じ取っているのだろう。風覚などとも呼べそうだが、春に感じた風馬牛のほうを連想させていけない。若い頃にはこれもなかなかの方向感覚ではあったが。

年寄りが夜中に寝覚めして、枕もとにいつもどおりに置いたはずの明かりをつけようとして、探りあてかねている。やがてあきらめて、無念のきわまったような心で、勘のもどるのを待つ。外へひらく感覚のほかに、内からの感覚もある。人は他者との関係によってしか自分を何者とも定められないのだろうが、立居のかぎり、空間の中心にあると感じている。そうでないとおそらく、まっすぐに歩くこともならない。眠りの中ではその内なる空間感覚がゆるんで、ほどけると思われている。じつは眠りの内でこそ、人は空間の中心に落着いている。中心からはずれた眠りは苦しい。覚めている時の惑乱はまだしも周囲の動きによって支えられる。あやういのは寝覚めの際である。眠りの空間が失せて、覚めての空間がまだ立ちあがらない。時間の、前後もなくなる。

人は死をひたすら恐れながら、夜には正体もなく、心労があれば短い間にせよ、呑気に眠っているではないか、と笑う声も聞こえる。神々の哄笑というところか。しかし眠りには空間があり、時間もある。呑気とは、正体のあることでもある。死んでしまえば、空間も時間もない。死んでの後のことは考えても詮ないことだと断念する者にとってはせいぜいのところ、息を引き取ったおのれの身体からゆっくりと起きあがり、立ったほうもまだわずかに身体であり、横たわる自身を戸口からいま一度、思いのほか楽だったなと振り返り、空間も時間もすっかりは失せていないので、ひとりで一本道をたどり、寒いながらに自足するうちに、身がまず軽くなり、心も薄れて行く、とありそうもないことを想像して折り合う。大体、私は死んだとは言葉としても、比喩や戯謔でないかぎり、成り立つものではない。それでいてそんなあらわな不条理が人間の思考の内に埋めこまれている。是非もないことか。

死ぬということまでは、生きる内になる。最期を自分で決する覚悟のならぬ者にとっては、不意の死も頼みにはならないので、老いるにまかせ、衰えるにまかせ、息の尽きるのを待つよりほかにすべもない。これもそれなりの覚悟のいることだ。衰弱がすすめば、見当識も狭まって自身の手足のありかもわからず、昨日今日明日も、一日の移りもなく、家族の顔も見分けられなくなる。見知った顔だとは感じられるが、いつどこの人ともつかなくなるのだろう。

その域も過ぎて昏睡に入り、人事不省などというのも考えてみれば妙な言葉だが、人の存在はすでに失せているのだろうか。夢のようなものを、見てはいないか。夢の中では、人は立っている。立っている自身を、自身がまた見ている。主体があるということだ。空間もまだある。

その中心が空間もろとも失せかかり、時間も停まる寸前に目をひらき、春の窓を見やり、今日は莫迦に心地が良い、ひさしぶりのことだとつぶやく。寝覚めの間際に見当を失うのとは逆に、失せかけた見当をつかのま蘇らせたのではないか。死に瀕した肺病の青年がやわらかに目をひらいたので、耳もとへたずねると、言いようもなく心地良い、と答えたという話も伝えられる。

生きるということが空間と時間との更新だとすれば、これも最後の、生きるという行為になるのではないか。

春へようやく移る徴《しるし》らしく低気圧がまた通り、終日雨になり、夜半から未明にかけてもだいぶ降って寝つきに苦しめられ、朝には雨はあがっていたが空はどんよりと暗く、ときおり雨が走る。低気圧の間は来客謝絶にしていた人もあったという。実際に頭が苦しくて、人に面会することもならなかったらしい。

春の前触れの大雨をガラス越しに、心身ともに暗く、いつまでも眺めていたことがあった。降りしきるあまり雨脚が立ち静まっているように見えた。日曜日の午前の病院の、閑散とした外来の待合室からだった。三月も下旬になり、寝たきりの拘束から解放され、院内を歩きまわれるようになっていた。日に日に快方に向かっているはずなのに、ゆるむともない雨脚に見入るうちに、やりどころのない停滞感に捉われ、日ならずして家にもどってもいつかまた、ここでこうして立っていることになるのではないかと思うと、この一日もすごし難く、月日の移るのも徒労に感じられた。厚いガラスに隔てられて雨の音が遠いざわめきのようにしか伝わらないのですべてが滞るのか、とやがて思いなしてその場を離れ、病室にもどって寒々とした気持で床に就いた。あれから二十何年にもなる。

午後からも雨もよいの空が続いて日没になり、上空には黒い雲が滞り、西の空も晴れたとも見えないのに、あたりは暗いながらに赤味をふくんで暮れて行った。病気が快方へ向かう途上の、いよいよ乗り越すその手前で、振り返しのようなことが起こる。当人は深刻になるが、たいていは一過性で、あれは何だったのかと後であやしむ。体力は上向いているのでおのずと明るい気配もふくむのだろう。しかしそれとは逆に、病状がいよいよ悪いほうへ傾くその間際にもしばし明るむような、快癒感のはさまることもある。

快癒へ乗り越すなどということは年寄りの半病人にとって、思いも寄らぬこととなった。春になればすこしは元気になるだろう、と待つ程度のことである。いや、もっとつましく、明日の陽気が良ければと願う。これで平癒、これで平生、それ以上に何が望める、と思ってもいる。しかし快方へ向かう途上の、いよいよ境を乗り切る手前の、揺がしようもない停滞感には、病中のことにかぎらず、幾重にも思いあたる気がする。ささやかにしても危機である。クライシスとは医学のほうの用語であったそうで、病状の決定的な悪化を意味したらしく、それに従えば回復途上の停滞をそう呼ぶのはあたらないようなものの、回復ながらの、回復故の、あやうい機はある。

平穏な一日の後、峠をしのいだかと見えた夜に、急変するともなく息を引き取った病人もあると聞く。良転と悪転と、上昇と下降とがしばし平衡に入ることはあるらしい。とりわけ病み衰えた老人は生命力のわずかな上げ潮にも、身体が持ちこたえられない。ひとしきりゆらめき上がって消える炎に変わりがない。そこまでつきつめなくても、平生の内でも人の生命力には起伏があり、悪転と良転との潮目をたびたび往復しながら、それとは知らずにすごしているようだ。時にはそこを下りきりにもならず上るともなく、間伸びのした停滞感に苦しんで暮らす。振れ幅がすくなければ不調をかこつだけで済むが、何かのはずみにあたりが異様に見えて、自身の存在が持続もないものに感じられる。人はいつどこで、わずかにしても現実をはずれるか知れない。

敗戦の年の夏の、満で八歳にもならぬ子供の、長く続いた衰弱は何だったのか。まるで年寄りみたいな子供だとまわりからも言われた。五月の末に東京で焼け出され、逃げた先の岐阜県の大垣の町でも再三にわたり空襲の下をくぐり、これこそ危機であったのに、八月の初めにさらに美濃の奥の安穏な土地に落ちのびて、新型の爆弾が落とされてソ連が参戦したと伝えられ、終戦の詔を聞いて、敵の上陸してくる先のことはわからないが、ひとまず生きながらえたと子供心に安堵した時から、衰弱はじわじわと始まった。

あの年は四月の中旬の、花も散り果てた頃から梅雨時のような天気になり、東京ではしばらく大空襲が鳴りをひそめていたが、五月も末の、雨もよいに暮れた空が夜の内に晴れたその未明に、敵機が大挙して押し寄せて山の手を襲い、私の家も焼かれて、バラック暮らしをするうちに六月に入って本格の梅雨になり、その梅雨が七月の末まで、空襲が中小の都市に及ぶまで続き、大垣の町も城もろとも焼き払われてからまもなく、八月に入ると明けて猛暑に転じた。その暑さのせいもあっただろう。栄養不良も長く続いていた。夏の日の午前中はまだしも子供の気は紛れるが、午後の油照りになると、膝の抜けるようなだるさに苦しみ、家の中のあちらにうずくまりこちらに寝そべり、ひたすら日の暮れるのを待つが、時間は遅々として移らない。ようやく陽が傾いて涼風の立つ頃に庭に出て、夕映えに染まりながら山から雷鳴を運んで平地へ押し出す雲の群れと、それに向かって山へ帰る鴉の群れを見あげて、細い息を吐いていた痩せこけた子供は、どうにかまた一日をしのいだ年寄りに似ていたかもしれない。

陽もまだ高いのにだるさをもてあまして立ちあがり、身を棄てるように表に出て、裏山の公園に行くこともあった。裏山と言っても、公園は高いところにあるのでもなく、林の中をゆるくくねる径をしばらく登るだけだったが、今の今を膝にこらえるようにたどり、公園に着くとベンチにへたりこむ。ここも風の渡らぬ中、眼の下に小さいながらに古風な町並がひろがり、そこを包むように、ずんぐりとした山がつらなる。その風景を眺めても気は紛れず、目に映るものがそれぞれ、町も山も、重さばかりになり、心身はふさがれ、時間がいよいよ停まったように感じられた。時間が停まりかけると、風景は質量ばかりに見えるものらしい。

当時はまだ一歳にも満たなかったはずの従弟が後年、五十の坂にかかって病んで、入院と入院の間の、家で寝たり起きたりの頃に、足の弱りきりになるのをおそれて、やはりその公園まで一歩ずつこらえて登り、ベンチに腰をおろして、帰り道をたどる気力のもどるまで息を入れていたと聞いた。ほどなく亡くなった。生まれ育ってこれまで暮らしてきた町と、見馴れた山とを、どんな目で眺めたことだろう。危機をひとまずのがれて、最後の峠をくだるところにあった。

戦地の生死の境から帰還した復員兵の、虚脱と当時呼ばれた状態はどんなものであったのだろう。生還と一口に言っても、戦地から国に着くまでが、収容所もふくめて先の知れぬ、生きた心地もたしかにはつかぬ、長い旅だったに違いない。海上から故国の山を目にした時にも、感慨というよりは、どこか茫然とした心地ではなかったか。苦しい列車に押し込まれ、乗り継ぎをくりかえして運ばれるにつれて、街の惨状が目につく。先の知れぬことでは、これまでと変わりもない。

もともと郷里というものをなくしたと思いなしていた都会人にとっても、世間の日常から切り離されるまで住みなれたところが、ほかに帰るあてもなければ郷里になる。その古里ならぬ古里の駅頭にとうとう立って焼跡を見渡し、途中の車窓から都市の惨状はいくらも眺めてはきたが、いざまのあたりにすると、荒涼もきわまって見当もつかぬ光景に、茫然も通り越して呆気に取られた末に最初の一歩を、左へ行くか右へ行くかによって生死を分けることのあるのを知ったその足でもって、焼跡の中へ踏み出す。

郷里というものがたしかにあり、出征して帰らなかった人が数あるということのほかは見るかぎりすこしの変わりもないとしても、生死の分け目を踏んできた者にとっては、子供の頃から見馴れて戦地からも思った山野がそっくりそのままにあるのを眺めて、ようやく生きて還った心地のつくその一方で、一抹の非現実の翳が風景そのものに差しはしなかったか。

こんな復員兵の話を聞いた。郷里の人に知られず、ひとりで重い荷物を担いで足をひきずり、遠い駅から長い道をたどって村の境に入ると、午さがりの野良で働いていた何人かが順々に頭を起こしてこちらへ目を瞠り、揃って逃げるように走り去ったかと思うと、やがて大勢が、自分の家族を先頭にして、おおわらわに駆け寄ってくる。それを何事が起こったのか、とよそに眺めていた。口々に名を呼ぶ声、叫ぶ声がしばらく耳に聞えていなかったようだったと言う。

日数を重ねて、安穏な暮らしにもどうにかなれた頃に、ふっとあたりを見まわし、すこしも変わりがないといまさら驚くうちに、自分はここにあるのだかないのだか、安穏というのもそらおそろしいものだと思うことがあったかもしれない。その時にもまわりの声が遠く感じられていたのではないか。

終日、陽もろくに差さぬ部屋にこもってひと月もふた月もすごした人もあったと聞く。路に面した小窓の前に坐りこんで、表を通る人を、眼だけのようになって、睨《ね》めまわしていた。本人はそんなつもりもなく、人の安楽に路を行くのが、ただ不思議に見えてならなかったという。

二年にも三年にもわたって働かず、ぶらぶらと日を暮らしていた人も多かったらしい。これが虚脱と呼ばれ、戦地で生き死にを見たその後遺症と取られたようだ。しかし過去が尾を曳いたのではなくて、あまりのことに断層のようなものを来たして、ふさがれたのではないか。過去は現在への持続によって成り立つ。持続がふさがれれば、過去は遮断され、ときおり悪夢のようになって滴る。後方から押す力がなくなれば、前方から引く力も弱まる。先のあてが見えなくなれば、立ち上がる気力も湧かない。

それでもいつか働き出す。気がついてみれば人並みに、せいぜいつとめて暮らしている。どういうきっかけで起きあがったのかと自問しても、たいてい思いあたる節というほどのものもない。あえて思い出そうとするのも面倒で、起死回生のお話をつくるのも物憂くて、働かなければ喰えないんだから、と答えて済ます。やがて世につれて前のめりにもなっている。瞬時の先も知れぬ窮地にあっては前のめりに走るのは徒労どころか命取りになりかねないことを体験した身として、背中を風に吹かれるにまかせて足をよたよたと送っているつもりでも、虚脱と言われた間にくらべれば狂ったみたいな奔走になっているな、いや、これも敗走か、と苦笑させられる。まれな僥倖にたまたま恵まれても、自分が戦地から無事に帰ったのにくらべれば、この強運の確率のほうがよっぽど高いなと思えば、逸《はや》りかけた心も醒める。そして老境に入る。周囲安穏の内の末期は、古人たちもありがたいとしたところであり、不都合などと罰当たりなことを言うつもりはないが、このまま老いるにまかせ、衰えるにまかせ、ついには寝たきりになり、人の顔も見分けられなくなり、ただ世話を焼かれ、家の畳の上でもなく、殺風景な部屋の中で果てるとは、死地を駆け抜けた身として、思えば堪え難いところがあったのだろう。

白木蓮《はくもくれん》が咲いた。三月ももう半分を過ぎている。震災の年には三月の初めの、そんな事の起こるとは思いも寄らずにいた頃、霙にもなりそうな夜に白い大ぶりの花がふわふわと宙に浮かんでいるのを、何事かと眺めたものだ。あの花は一夜の内に一斉にひらくように思われる。匂いに気づいて見あげた時にはもう満開で、盛りをまわりかけている。

折りから小雨が降っていた。朝から降ったり止んだり、通る人は傘を差したり畳んだり、風向き次第で寒暖のどちらにでも振れそうな空模様だが、さしあたり大気はぬるんでいる。正午頃には霞むように曇った空のもとで遠くの枯木の、幹から梢までがうっすらと赤く染まった。中天にかかった陽が雲を通して光を降ろしたのだろう。長い冬を抜けたところでどうなるでもなしと思っていても、春の兆しに触れれば、心身がおのずから、いささかは改まる気がする。

追って雨がちの天候になった。旧暦の、きさらぎの雨と言うところなのだろう。木の芽のふくらみであったか、あるいは小枝にすがる雨の滴であったか、とにかくそのひと粒ごとに、追憶がやどる、というような言葉に、誰の詩の内であったか、出会ったことがある。若い頃のことだったのでひとしきり惹き込まれたが、そこから抜け出してくると、追憶というようなことは、自分には縁のあるものだろうかと疑った。苦くて甘いものではあるらしいが、恐怖や屈辱の記憶も年を経ればそんな味をふくむものだろうかと思った。そう首をかしげたきり、年を取ってきた気もする。そして老年に入り、記憶も取りとめもないようになった頃に、ある日、追憶とは危機ではないかとつぶやいて、何を言っているのだかと自分で眉をひそめた。

徒然の中に置かれるということはたしかに、紛るるかたもなく、物狂おしいほどのものだろうが、きわまれば自足に入るのではないか。何をする心あてもすっかりなくなれば、時間も空間もうながさなくなるので、何時何処にあるともつかぬようになる。それにつれて不思議な明視と明聴とが、これも実の用をなさなくなったところで、どこやらから降りてくる。何も見えない明視と、何も聞こえない明聴とが。軒から滴る雨の音も遠くはるかになり、軒も砌《みぎり》もなくなり、はてしもなく降る雨の中にただ居る心になる。

——春雨よ木の葉みだれし村時雨
　　それもまぎるゝかたはありけり

しかし古歌が浮かんだ。曲折のむずかしい歌と思いなしてきたが、何のことはない。春雨よ、と詠嘆のところで息を入れさえすれば後は難もなく、春雨を眺めるこの所在なさは、これにくらべれば、木の葉を吹き乱した時雨のほうがまだしも、心の紛れようはあったことだ、と意はすんなりと通る。これが長年にわたり腑に落ちきらなかったとは、聞いた戯れに百年もして墓の下から笑うのに変わりもない。わずかな事でも悟ることの速い遅いは人により、それぞれに埋めこまれた過去により、だいぶの差があるようだ。ただし、詠嘆は詠嘆でも、ここは「春雨よ」と呼びかけでなくては成らない。それでこそ、物狂おしい。

木の葉を巻きあげてかぶさってくる時雨を思っているところでは、徒然もやはり危機か。静まり返った時間と空間も、切迫をはらむもののようだ。

彼岸の日は正午前から雨が霙になり、雪に変わり、見ているると睡くなるようにゆっくりと降る中で、桜の花がひと粒ふた粒、吹き出物のように咲いていた。雪に濡れた幹の肌が、あふれるばかりの春の活力を寒気に阻まれたせいか深い艶をふくんで、黒い大蛇のくねるのを思わせた。雪は午後の三時頃にやんで、よけいに寒々しく、夜にはまた雨になった。翌朝まで小雨が残り、あがる頃に、霧がうっすらとかかった。

その翌日、正午前から陽が照り出して、気温も初夏のようになり、それからわずか二時間ほどの内のことのように思われる。ちらほら咲きと見えた花がたちまち三分咲きほどまでひらいた。翌日は午後から曇り、雨もよいのように暗くなり、風は思いのほか冷めたかったが、花は一気に七分咲きになり、また翌日は晴れあがって、満開となった。静心なく花が咲くとは、聞いたこともない。

花の咲く頃にはもうすこし、どうにかなるだろう、といつまでも続く冬に苦しんで待たぬでもなかったが、こうも迅速に満開まで走られては、あっさり追い越されたようで、どうと改まるでもない。それにしても旺盛に、過剰なまでに咲くものだ。しかし年々、花の咲き方がどこかさびしくなっている。考えてみればこの桜の樹も、この集合住宅の庭に苗木が植えられてから、そろそろ五十年経った。桜の樹の平均寿命は六十年だと近頃聞いた。人にすれば八十にかかる老年である。それにしては旺盛なものだと感心させられるが、あるいは老樹であればこそ、春の陽気にうながされると浮かれて、命の緒も揺らいで、抑制力も老いて弱ったので、過剰なまで花を咲かせるのではないか。いや、末期にかかる老樹として、真剣な行為なのかもしれない。今は朽木となった桜の大木の、老い果てて枯れた枝に花もろくにつけなくなった頃、節榑立《ふしくれだ》った幹の、それも根もと近くに蘖《ひこばえ》のように生えた小さな枝に、若い花を咲かせていたのが思い出された。

この分ではじきに花は盛りをまわり、散りかかり、散り乱れ、人の花見頃には葉桜となり、葉桜の下で人の酔って騒いでいるところもとぼけて面白いが、後から振り返れば今年の花はいつ咲いていつ散ったのか、よくも思い出せないようになるのではないかと見ていたところが、それから一週間ばかり、春の日和は続いて、風も吹かぬでもないのに、花は盛りをまわりかけたままに留まった。それまでの迅速さにくらべれば、妙な停滞だった。沢山にひらききった花の重みに、大枝の先がわずかな風にも揺れている。爛漫というほどになるでもなく、ただ厳しかった冬を越し切ったことに安堵して、急いで花を押し咲かせたのにも草臥れて、風にまかせるのを待つ間、しばし息を入れているようで、病閑の安息を思わせる。それでもときおりふっと枝を離れる花があり、きりもみしながらまっすぐに落ちるのもあれば、落ちるばかりになってから斜めに流れて吹きあげられ、目で追いたくなるほどゆっくりと宙に舞って、行方も知れなくなるのもある。

晴天はさらに続いて四月に入り、早く咲きすぎた花はひらききり色褪せながら、ときおりはらはらと散るほかは、あらかたが時期を逸したように枝に残っている。花の散るにも間欠はあるようで、同じように風が吹いて枝も揺れているのに、落花のひとひらも見えぬ間がはさまる。眺める者はその静まりに苦しんで、風を待つ心になる。しかし風が吹きつけて小枝がなびいても、さらに落花を見ない。花は風に誘われ地に惹かれるばかりでなく、それぞれにその時を待って枝を離れるものらしい。静心なく花の散るらむとは、風もないのにはらはらと散っていた花の、なぜかひっそりと静まった合間の、停まったような時間の、やりどころもない心を詠んだものなのかもしれないと思った。

それでも花は散り果てる。風のすくない花時《はなどき》で、花吹雪というほどのものも見られず、ときおり吹きつける風に乱れて運ばれる花よりも、その風の静まるのを待ったように、友を呼んで一斉に従順らしく散る花のほうが目を惹いた。人が花見を用意していた頃には、だいぶの葉桜になっていた。見渡せば欅並木や雑木林も盛んに芽吹いている。

花が咲いて、花が散っても、いまさら格別の愛惜もない、と年寄りが枝よりも白くなった地面を踏んで行く。

雨の果てから

未明に近くの林で鳥が騒ぎ出した。寝覚めの頭を冷やしにテラスに出たところだった。明烏《あけがらす》と言えば男女のきぬぎぬの別れを思わせるところだが、夜はまだ深い。月夜の鳥というものもあるが、月も星も見えない。それに、けたたましく鳴きかわしている。激昂か、あるいは恐慌に捉えられているふうに聞こえる。

大きな地震の前触れかと身構えた。逃げ足もままならぬ老体である。椅子から立ちあがるにも間がかかる。そう言えば寝覚め際の、夢見もあまり吉くはなかった。しかし目の前の樹は静まったきり、木の葉もちらつかない。つい十日ほど前にも大分県の山間の、深山幽谷とも言われるあたりで未明に、雨も降らず地も揺すらないのに、おそらく何百年も不動と思われていただろう山がいきなり崩れて、何軒かの民家が土砂に呑みこまれた。その大崩落の直前にも、異様な気配に驚いた鳥たちが飛び立って騒ぎはしなかったか。

あの夜は空襲の警報のサイレンの鳴る前から、烏がしきりに騒いでいたものだ、と話した人がいた。あたり一帯が焼き払われてから一年ほどもして、とうに敗戦後、消息の知れなくなっていたのがひょっこりと私たちの寄寓先に訪ねて来て話し込んで行った折りのことだった。野生の動物の聴覚が遠くから、爆撃機の編隊の接近に反応したのか。しかし東京の山の手の空襲では、敵機の編隊が山梨県の大月の上空にかかるあたりで警報が出されたはずなので、烏の鋭敏な聴覚を以ってしても、いくら何でも遠すぎる。

後からの思いなしだったのだろう。あるいは空襲の何日も前の夜にたまたま烏の騒いでいるのを寝床から耳にして、何事かと不吉な気持にさせられたその記憶が、そのまま空襲の夜につながってしまったとも考えられる。その客は烏のことを話す時に、いまさら不吉な予感を洩らすかのように、声をひそめていた。秘密めかした話し方をする人ではなかった。我が身のこととしては思いもかけなかった災難に遭った人間は現実の成り行きに得心しきれず、運命と取って諦めるためにも、予兆らしき奇異を後からこしらえる。東西の古い歴史をたどっても、世の破局に先立って、およそ奇っ怪な凶兆を見たことが、性懲りもないように、くりかえし伝えられる。頭上からの爆撃の中、あちこちにあがる火の手の間を走った人間にとっても、破壊の轟音を受け止められずになかば聾された耳の奥に、やがて静まった空の下で、鳥の騒ぐような声が遺ったのかもしれない。鳥は古来、火炎に縁のある鳥でもある。

鳥がいよいよ騒ぐ。何羽もの声に聞こえたが、よく耳をやると、二羽が交互に叫んでいるらしい。威嚇しあっているようである。四月も下旬にかかり、産卵期に入っている。巣を守る親鳥どうしがお互いに領分を犯されたと感じて騒いでいるのか。産卵期の親鳥は気が立つ。樹下を通る人間の頭を掠めて飛ぶ。跳び蹴りをくらわすこともある。人間が遠ざかるまで、警告をくりかえす。しかしいずれ昼間のことだ。月もない深夜に、いがみあうということはあるものだろうか。

蛇ではないか。蛇が夜陰に乗じて巣に忍び寄ったのではないか。林に大きな蛇が棲息している。やや遠くから見たところではさほど太くはないが二メートルほどの長さはある。青大将なのだろう。夏の日の正午頃に林の小径で、頭のほうと尻のほうをそれぞれ左右の下生えの藪の中へ突っ込んで、胴体の中ほどを風の通る径にさらしているのを幾度か見かけて、頭隠して尻隠さずよりはまた一段と呑気な寝相だと笑わされた。人の足音が近づくと大儀そうに、のっそりと藪に這いこむ。都会の郊外住宅街の只中に囲いこまれた雑木林にただひとり生き残った老いた蛇と見た。こんなところに餌はあるものだろうか、雌雄はどちらとも知れないが交尾の相手もいはしまいに、と余計な心配をさせられたが、しかしこの自分も蛇のまだ棲む里に暮らしているわけだと喜んだものだ。ここ五、六年、その姿をついぞ見かけない。もう生きてはいないのだろう、と思っていたところが近頃になり、その林から二車線の道路を隔てて向かいの区民菜園の入り口に、このあたりに蛇が出没するので、毒蛇ではないと思われるが、注意されたいという旨の貼り紙のあるのを、通りかかりに目に留めた。深夜の車の往来の絶え間を盗んで道路をくねくねと渡って菜園に侵入するのだろう。まだ生きていたのか。しかし考えてみれば、その蛇をその大きさで見かけたのは今からかれこれ二十年も前、あるいはもっと昔、私もまだまだ壮健だった頃になる。蛇の寿命は知らないが、交尾の相手に恵まれて、世代がとうに交替して、今では若い蛇なのではないか。

野生の動物には種の存続の本能はあっても個別の感覚は薄くて、親も子も同体のような生存の、その闘争の反復なのかもしれない。それにひきかえ今の世の人間は個別の意識にかまけて、安穏な環境にもまもられ、しかるべき交替の機を逸して、いたずらにだらだらとながらえる。

鳥がさらに騒ぐ。巣を守る親鳥がひとしきり威嚇しては枝を離れ、羽音も鋭く敵の背を掠め、もたげた鎌首に跳び蹴りをかまして惑乱させるその間、すぐ近くの樹から、やはり巣を抱える鳥が隣りの叫喚に掻き立てられ、我が身も脅かされていると感じて、なりかわって威嚇の叫びを添えるのか。窮地に追いこまれると小動物ですら猛獣猛禽になるという。守る鳥が死物狂いなら、攻める蛇のほうも、肉食の者は飢えに迫られる域に入らなくては獲物を捕えられないというから、追いつめられているのは同じことで、劣らず死物狂いなのだろう。双方ともに、刻一刻の危機にある。

激戦地に放り込まれた兵隊も、生死を分ける境へ追い詰められると、形相が一変すると聞く。目鼻が顔の中央に寄り、口角は裂けて耳もとまで吊りあがるという。獣のように唸るともいう。空襲の下を走った子供にも、声こそ立てなかったが、同じような形相があらわれていたのだろう。その痕跡が後年まで遺ってはいないか。人はどんな形相がおのれの顔の内にひそむかも知らずに暮らす。いつかまともにあらわれるまで。

鳥の叫びがふっと止んだ。また騒ぎ立つのを待ったが、それきりになった。恐れをなした蛇が退散したか、それとも、鳥の懸命な威嚇もむなしく巣を犯されることになったか。どちらにしても、刻一刻の危機は過ぎてしまったことになる。過ぎるということもまた残酷なことだ。猛獣に襲われて走った草食動物の群れは敵の脅威が遠のくと、仲間から犠牲者が出ていても、平生にもどって、てんでに草を食むという。屠《ほふ》りの場への道をさからいながら引かれて来た牛が、仕度を待つ間、杭につながれると、近くの草を一心不乱に食む。そんな話を古い西洋の小説の中で読んだ。たしか、ひとりの下士官がその欲心の故に戦場の外で不慮の死に遭う、その予兆のような光景として描かれていた。

あたりが一度に静かになった。透明に凝った静かさだった。西へ一キロ足らず隔った環状道路から、この時刻にも地を轟かせて疾駆する車の音が伝わって来るが、静まりの圏外へはずれて聞こえた。この硬い静まりをほぐすのは天へほっそりと昇る、初めの言葉のように意味も知れず、ただ黎明を唄う声よりほかにない、と耳を澄ませた。しかし夜はまだ深い。

鳥は寝惚けて騒いだだけなのかもしれない、と考えた。そうだとするとまた、あれだけ狂ったように騒ぐとは、鳥も悪夢にうなされるということになりそうで、どんなものか。わけのわからぬ習性から出たことかも知れず、夜の白むまではまだ一時間もありそうなので、今のうちに眠ってしまおうと腰をあげることにした。

四月も末となってから、とかく風が走る。青葉を揺すり、どこやらで初夏の白い木の花も咲いているようで、ほのかな香りを運んで来るが、芯に冷たさをふくんで、薄着になった肌を刺す。終日吹いて、夜にまで及ぶこともある。風の走る日には心が落着くという人があったそうだ。どんな生い立ち、どんな境遇の人だろうか。たいていの人間はそんな日には言葉もすくなくすごしたものだ。砂塵を巻きあげて寄せる風が戸窓を鳴らして家を揺すり、軒の隙間から天井裏に吹き込んで埃を降らせ、畳の上がざらつく。髪までがごわごわとしてくる。火事への怖れもあった。いずれ昔のことだ。今ではサッシの戸窓を閉じてしまえば風は吹き込まず、音もあらかた締め出される。しかし家の内にいて風のことは忘れていても、夜半に寝床に就く前に表をのぞいて、風のすっかり落ちているのを見れば、騒がしい日だった、と遠いことのように振り返られる。何もかも済んだ心地になることもある。風の静まった夜には、山から吹かれて里へ迷い出て来た者が、風とともに静まって帰って行く、という言い伝えもあったようだ。

わたしの小さな魂よ
愉楽のかぎりをつくし
甘い言葉をささやき
縁《ゆかり》も知れぬ者ながらこの身に

寄り添ってきたその末に
何処へ行こうとしているのか
蒼ざめて　ひややかに　赤裸に
戯れのひとつも口にせず

意訳すればそんなところになるか。末期の床からの詩である。去って行く魂に、肉体から呼びかけている。「わたし」は、去る魂のほうではなくて、去られる肉体に付いている。息絶えた肉体を魂がいま一度振り返ってからあの世への道をひとりたどるのとは、主客が逆になる。

古代ローマ帝国の五賢帝の一人、ハドリアヌス帝の詩と伝えられる。ローマの平和とやらを先の賢帝から引き継いで、さらに固めて、次の賢帝へ渡した人である。英雄とも言える。帝王の末期の詩に、はるかくだれる時代の者が、人の訳にまた訳を重ねるのもおこがましい。格調は大幅にさがっているはずだ。

六十歳を過ぎていた。昔ならまず高齢と言える。ほぼ生涯、辺境の守りに東奔西走して、ローマの都に腰を温める間もろくになく、旅の皇帝と呼ばれた。辺境はまだ騒がしく、中央の元老院とも軋轢があったようだ。失墜を謀る者も多々あったろう。殺戮も数々見たことだろう。苦闘に堪えた人生であったに違いない。そのまた一方では享楽に耽り、埒を超えもしただろうことは、末期の詩からもうかがえる。古代の英雄たちの享楽には果てしもないところがある。

親しく身に寄り添って、逸楽にも誘い、つねに甘い言葉をささやいていた魂が影となって離れ、つれもなく、かえりみもせず、形の内に閉じこめられた我《われ》を捨てて行く。小さな魂よ、と呼びかける。あるいは、寵愛の美少年の、皇帝の身に告げられた不吉な予言に殉じて齢《よわい》を譲るためにナイルの川に身を投げたという、その面影を追ったものか。

しかし皇帝の最期の病いは二年にもわたり、やがては死を願っても叶えられぬ苦しみにまで至ったという。病苦はそこまで昂じれば我が身いとおしさも奪う。小さな魂よとは自愛の情の、これをかぎりのゆらめきへ呼びかけたものではないか。すでに影のようになった自愛の情すら我を捨てて去るのを死の床から、まだ消えやらず、つかのま澄んだ意識がむなしく見送るという、そんな境がありはしないか。哀しみにひたる間もなく、たちまち肉体の苦の内に閉じこめられる。

それにしても帝王の詩ではある。国を造営し、殺戮にも愛欲にも手を染めた英雄の、末期の詩である。あわれな呼びかけのようで、詩の丈は高いようだ。原詩ならば朗詠に堪えるほどのものなのだろう。病いの床に沈んでも詠嘆の気力のまだまだ失せていなかった頃の詩だとしてもよい。親しく病床を訪ねた側近の詩人が声も細くなった病人になりかわり、きれぎれに洩れる言葉からその心を推し測って詠んだとしても、帝王の末期の詩であることには変わりがない。やや後世の者が跡を偲んで詠んだとしてもよい。末期の詠嘆から、生涯の烈しさが立つ。かぼそい嘆きのようでありながら、生死を超えてひろがる天地へ向かって、吟《うた》いあげるように聞こえる。

それにひきくらべるのもいまさら間の抜けた話だが、世の運命の分け前のそれぞれにおしなべて薄くなった今の世にあっては、人はやや高年に至れば、おのおの由なき我執やら怯懦やらをつくづく思い知らされることが重なるものの、この詩に見えるような、去り際にひとしおいとおしまれる自愛というほどのものを、持ち合わせているのだろうか。自愛の情はむろんある。なくては生きるのも難い。しかしそれは、自愛あっての自己犠牲、自己犠牲あっての自愛という、覚悟のものだろうか。老年に至って振り返ればこれでもさまざま、何事かを為したにつけ為さなかったにつけ、すこしずつおのれを捨てて、置き去りにしてきたことだ。なしくずしの自己犠牲、なしくずしの自愛である。

最後は運命の定めるところと受け止めて、これに順う。従容とまではおのれをたのめなくても、その諦念にわずかな自由を見る。先祖から代々にわたって伝わったその覚悟の、名残りが底にまだ埋めこまれているか。しかし最後には運命に打ち克つ、最期をみずから決することにこそ自由を見た、古代のストア派たちがいた。ストア派にかぎらず、由来ははるかに古く、東西にわたり、戦士の、武者の覚悟だったのだろう。ローマの皇帝も征夷大将軍のようなものだったに違いない。辺境で闘う者として領内を治めた。克己と逸楽は表裏のものだ。しかし時折りの放蕩には、自愛の情よりも、自己放擲のけわしさがまさったか。その末に死の床からようやく自愛の情の、すでに蒼ざめた影となって立ち去るのを見送る。

今の世ではさほどの克己もないかわりに、逸楽や放蕩と言えるほどのものもすくない。ひと頃は放埒の盛りを見た者も、それが過ぎてみれば、労苦にも遊蕩にもただ忙しく振りまわされていたばかりで、楽しむ閑もなかったようなむなしさが遺る。それでも、良い思いをさせてもらった、とみずから慰める。栄枯は夢か幻か、というような大時代の詠嘆にくらべれば、つましいものだ。幻滅の生涯にも自愛は寄り添う。寄り添って甘い取りなしを事々にささやく。いずれ馴れ合いにすぎないとこれまでにもたびたび懲りてきて話なかばに聞き流していても、邪慳に払うまでもないことなので、ささやくにまかせている。手前味噌に我ながら呆れさせられるのも、自棄の激昂に走るのを留める功徳はあるようだ。そうでなくても、自愛のささやきがすこしもなければ、夜は眠れるだろうか。朝には自分がいささかでも改まったような気分がなければ、起き出せるものだろうか。変わりもせぬ日常の立居振舞いも、草臥れた身にはあれでなかなか煩雑なものであり、取りなしのささやきに付き添われなければ、反復の物憂さに堪えられない。老いたりやというような感慨も、自愛のあるうちのことだ。

甘い言葉をささやくその「小さな魂」とも、やがて別れる時が来る。ながらく馴れ合った世話焼き者が見も知らぬ者になり、今ではこちらから甘いささやきを求めているのに答えもせず、振り向きもせず、冷えきって去って行く。これまでにも幾度かあったことではある。何か大きな、生涯の間違いとも言えるものに気づかされた時、そんなことも知らずにいたのかと呆れて、おのれがおのれを見かぎり、そばを立って去る。自己嫌悪もまだ自愛の内である。その嫌悪にも去られて、ただ空虚感を抱えこんで何日も、あるいは半年も一年もすごすうちに、自分は一体何者かと呻くそのそばに、自愛はいつか帰って来ている。

空襲が我が身にまともに降りかかぶさって来るという大きな間違いのもとで、我もなく人もなく走った子供にも、上空が静まり、高台の燃え盛る音ばかりになった頃に、避難者の群れの黙ってしゃがみこむ大道にたちこめる白煙の中からふっと現われた婦人の、差し出した握り飯に、両手を伸べた時には、我が身いとおしさの心が付いていた。

これをかぎりに自愛と別れるのはしかしかならずしも、死の床を待たぬことなのかもしれない。末期というものも長く曳くようだ。寝つくようになる前におそらく、その境に入る。その間にすこしずつ去っていく影を、ちょっとした立居の端に、見送ることになる。跡には妙にひっそりとした、誰もいない部屋が遺る。そんなことを幾度か繰り返して、ある日、半端なところに半端な恰好で立ったきり、客はもう帰ったか、とたずねる。お客って誰のこと、誰も来てやしませんでしたよと家の者が訝ると、帰ったのだろうな、道は遠い、日も暮れかけて風も出てきたことだから、とひとりつぶやいて黙りこむ。

今から思えば、あれが初めの兆候だった、と家の者は後に振り返る。でも、惚けの来た後も自分の用は自分でとろとろと済ましてくれたので、あまり手間はかからなかった、本人もしあわせよ、とむごいようなことを言う。

自愛なき自足こそ悟りの境地とか。そんなことを聞いたこともあるけれど、俗人には言葉が撞着しているようで、むずかしい。

しかし自愛というものは、やはり縁《ゆかり》の知れぬ者であるらしい。

五月に深く入り、青葉が鬱蒼としてきた。雨の夜にはとりわけ暗く繁る。すぐ向かいの棟の窓の灯が、風に揺らぐ木の葉の間に見え隠れするせいで、遠い里の灯がちらちら震えるように見える。

今頃はどこかで、卯の花も咲いているのだろう。昔は在所であったはずのこの界隈にも卯の花の垣根などは絶えて見かけない。花の一粒ごとのかそけさにしては旺盛な灌木だそうで、剪定を怠ればむさくるしいほどに繁るのでもてあまされたのだろう。花の盛りには生垣が一面に白くなったようで、降れる雪かと見るまでに、などと古歌にも詠まれている。神祭の幣帛《みてぐら》にも、川波の柵《しがら》みにも、たぐえられる。

卯の花月夜という言葉もある。月の光を受けて卯の花が映える。あるいはおぼろ月に、卯の花のほうがひときわ白く照る。しかしそれよりも、五月雨《さみだれ》の闇夜に卯の花の生垣ばかりがくっきりと浮き立ったなら、思い浮かべるだけでも妖しい。うの花に芦毛の馬の夜明哉、というほのぼのとした光景も古い発句に見える。明け染めた空と、卯の花垣と、馬の肌とが白く映じ合う。ただしこの馬はおそらく、ずんぐりとした、むさい駄載馬《ださいば》なのだろう。

どの光景もこの目では見たことがない、と思われる。記憶のかぎりでは、どこまでも足にまかせて歩けた頃なので、まだ壮年の内のことだったのだろう。人肌を想わせる初夏の香りに引かれて遠くまで来た日の暮れ方に、草臥れて宿借る頃やの心ではないが、卯の花の群れて咲いているのを見かけた。人の家の生垣ではなかった。昔の用水路の、今は住宅地の間を縫う細い谷となったその岸の斜面に、荒く繁った灌木の藪から、白いもののしきりにちらつくのを目にとめて、何だろうとのぞきこむうちに、そこだけすでにたそがれかけた谷のあちこちから小粒の花が、水の流れに添って渡るらしい風に吹かれて、星のまたたくように浮かんだものだ。

足を停めてつくづく眺めていた。これだったと思ったところでは、卯の花をこの目でそれと見たことがあったようだ。いつとは思い出せない。子供の頃であったらしい。生まれてから八歳足らずまで暮らしたところは昭和の初めに開発された新興住宅地であり、花でも咲かぬかぎりむさくるしいウツギの生垣などはなかったと思われるが、庭の片隅に刈り残されて、何の木とも知れず、繁るにまかされていたのがあったのかもしれない。空襲の警報のサイレンの鳴った夜に、とりあえず庭へ降りると、どの家の灯火も消され、月夜には敵機が大挙して寄せることはないので真暗闇に、咲き盛る花が遠目にも白くふくらんだか。ウツギの開花は五月の下旬からであるから、そのあたり一帯がほどなく焼き払われる頃になる。敵機の爆音の接近に感じて防空壕へ駆けこむ間際に、あれが卯の花、と母親が声をひそめて教えはしなかったか。危急の時に人はとかく、安穏長閑なものに気をひかれる。子供には不吉な言葉に聞こえたかもしれない。

あるいはその花と眺めたことは壮年のその時までやはりなくて、耳に馴れた卯の花という言葉の語感が、実際の花に触れて、嗅覚となって喉から押し上げてきたものか。いかにも、見るからに卯の花だと思った。卯の花は卯の花でも、豆腐のオカラのことである。オカラを卯の花と呼ぶことは、家に年寄りのいたこともあったので、子供の頃から知っていた。朝の町の豆腐屋の店先に据えられた大きな桶に、絞りたてのが放りこまれて、冬場には白い湯気を朦々と立てる。持って行けと言わんばかりだが、無料《ただ》ではない。食糧難の時代のことで、乏しい食膳の、お菜にしばしば使われた。母親は子供たちを飽きさせないようにいろいろと思案して、手をかけてこしらえてくれたが、食べるにつれて鼻についてくる。卯の花ながら、どこか青いような臭いがした。植物性の鬱味《うつみ》とも言えるものがある。暗いほどに繁った木の葉に雨が降りそそぐような。その重さに栄養不良の身体が負けるらしい。

古くから、卯の花の名を冠せた料理がさまざまあることを、後年になって知らされた。卯の花焼き、卯の花和《あ》え、卯の花汁、卯の花飯、卯の花鮨など、ほかにもいろいろとあるようで、詳しいことは知りもしないが、卯の花つまりオカラをあしらって風味を添えたものであるらしい。卯の花烏賊という料理もあるようで、烏賊の細切りを薄い垂れ味噌で煮たものらしく、そのふっくらと仕上がった白さを卯の花の咲くのにたぐえたものなのだろうが、その垂れ味噌というのが、味噌と水を合わせて煮詰め、布袋に入れて吊して滴らせたものだそうで、五月雨のことを卯の花朽《く》たしとも呼ぶ、その連想からも名が付いたのかもしれない。卯の花も朽たす長雨のことである。腐たすとも書く。

いずれあっさりと仕上げたようで手が込んでいる。繊細な手、繊細な味覚である。隠微とも言えそうだ。どの料理にもまだお目にかかったことはないはずだが、ひとつ味わってみたいものだと誘われるそのそばからなにやら、食傷めいたものがかすかに喉の奥から押しあげる。風味というものはどこかクタシの味を、ふくむものではないだろうか。いや、そんな上等らしいものを思わなくてもよい。先祖たちの日常の、倹約な食膳の、一汁一菜とか二菜とか言われたものもそれなりに、クタシの風味を凝らしていたに違いない。一朝一夕の工夫ではない。代々伝えられた濃やかな手に成る。黙々と丁寧に喰う。本来、食事はありがたく、そしてかなしい。自愛の切り詰まったものだったのだろう。

　卯の花朽たし、卯の花腐たしという言葉には、オカラをいためるという意味もあるのだそうだ。オカラは炒めるのか煎るのか、料理の仕方によるのだろうが、母親も苦労してオカラをくたしていた。乏しい野菜を刻み込んだり、ふくませる汁の加減を見たり、工夫を凝らしながら、時折はふっと手をとめて、溜息をついたかもしれない。どう手を加えてもオカラはオカラであり、食膳の子供たちの浮かぬ顔が目に浮かぶ。子供たちとて時世が時世だけに贅沢を言うわけでない。食膳を待つ間にはひもじいほどになっている。豆でも芋でも水団《すいとん》でも、空腹にまかせて喰った。しかし卯の花は豆腐のお殻《から》ながら豆の精を、その青味を煮詰めたようなところがある。母親の手のお蔭で舌は受けつけても、やがて喉を通りにくくなる。食傷とは豊かな世の中のことである。青味の詰まった喉から、かえって飢餓感のような震えがひろがる。

　ほんとうの飢餓の境に入った人は健康人の食べる物をいきなりあたえられると、呑みくだしたとたんに吐いてしまうと聞く。それで絶命する人もあるという。衰え果てた身体には濃厚すぎるのだろう。重い病気をしてしばらく絶食させられた人なら、身に覚えのあるところだろう。初めて許されて三分粥だか五分粥だかをひと口啜った時、米というものの臭いにしばしたじろぐ。重湯というものも文字通り、さらに重い。吐き気をもよおさせながら、飢餓感をうながす。

若い人が店から買って来た握り飯を四つもあっさりたいらげてから、深い息をついて、米の飯もこうしてみればねっちりとした味がするものですね、と言ったものだ。雨の日のことだった。聞いて、いまどきよほど米の飯を食べつけないのか、それとも、若い者にも米の飯の重たるさに反応するところがまだあるのか、と首をかしげさせられた。八十の年寄りなら、子供の頃のひもじさを通して古人の、うち続く不作の折りの、貴重な米の飯の臭いの濃さに負けて、かすかな吐き気を呑みくだしながら喰った、その体感が伝わっている。まずは平穏な世の、卯の花と名のつく繊細淡白の料理の風味もやはり、香りと腐たしとの、あやういあわいを縫ったもののようだ。日常の香の物や汁の物はなおさらか。

人は家の食事を黙々と済ました。そんなにも昔のことではなかったように思われる。済ますと言うのがふさわしい。上《うえ》つ方《かた》から頂いた御膳でもあるまいに、かしこまって食べる。つつむべき行為でもあるかのように。箸の音を立てることもいましめられた。往生できずにあたりをさまよう餓鬼たちを呼び寄せることになるので、と言われた。近所の不機嫌を買うとも言われた。食べることに驕《おご》った真似をしていると、末は路頭に迷うことになるから、ともおどされた。驕ると言っても、お話しにもならぬほどつましい食膳であるのに、食事は今の世にくらべればよほど暗い、うしろ暗いような行為であったらしい。肉体のあやうさをひそかに感じさせる時でもあった。

梅雨の日の午飯に、朝のお櫃《ひつ》からよそった冷や飯に鼻をつけてちょっと嗅いでみる。饐《す》えているようでもあり、梅雨時の冷や飯はこんなもののようでもある。食べるうちに、やはり饐えているような気もしてくる。梅雨時の食あたりはひどいことになりかねない。今から腹の加減を瀬踏みするようにしてそろそろと口へ運ぶ。家族たちも揃って黙りこんで口を動かしているので、箸を置くこともならない。家族もじつは皆、あやぶんで食べているのか。そう思うと、肉親というものがうっとうしく感じられる。血のつながりにうなされそうになる。

ひとり暮らしの小母さんが宵越しの煮つけに鼻をやり、ちょっと眉をひそめてから、つつきだすのを見かけたことがある。これはまたあっさりとした、少々饐えていてもどうでもよいというような、眉をひそめたのもふくめて日常茶飯の様子に見えたが、せっせと食べながらひとりで目をあらぬ方《かた》へ瞠る顔がさびしげだった。

冷や飯を盛った丼を片手に、もう片手で井戸のポンプを押して、水で飯を洗っては掻きこむ魚屋の若い衆を見かけたこともある。香の物も添えない。市場に客の出盛る前の、腹ごしらえらしい。雨の降りしきる日の、午後のことだった。市場は全体が屋根に覆われているが、下は土間になり、井戸もあった。男は黒いゴムの長靴を履き、黒いゴムの前掛を締めていた。長靴も前掛も濡れて光る。せっせと掻きこむその様子にひきこまれて見ていた子供も、魚の臭いと相俟って、濡れた体感に染まった。今にも微熱の差してきそうな。

長い内廊下のある大きな家に住んでいた。戦時中は軍需工場の女子寮だった。数ある部屋をあちらこちらに分けて、焼け出され者が幾所帯か身を寄せていた。そこで梅雨時に腹をこわしてだいぶのこと寝ついた。何かにあたったようでもない。栄養の足りぬ子供の胃腸が、消化の悪い代用食をこなしきれなくなったのだろう。医者にかかる時世でもなかった。渋り腹なので一日に幾度もその長い内廊下をつたって、建物のはずれにある廁《かわや》にかよった。体力は衰えて膝に力が入らないので、よけいに長い道に感じられた。微熱を帯びた身体に、冷たく濡れたような廊下の感触がひと足ごとにこたえた。

女子寮だったので、廁には女子用ばかりが並んでいた。内からは錠が差せない。すぐ向かいの一段低くなっている土間が、戦時の集団生活の賄いの、広い炊事場になっているという妙な取り合わせだった。その廁のひとつに入って長いことしゃがんでいても、腹は渋るばかりでさっぱりしない。ここの便所はいつまでも女の臭いが染みこんでいるのでかなわん、と同じ屋根の下に暮らす若い男がこぼしていた。

深夜にもひとりでかよった。廊下のはずれの、鉤の手に折れるところに、白いガラスの笠をかぶせた電球がひとつ吊ってあるだけで、どの部屋も暗くして寝静まっている。空き部屋もあって、人がひそかに入っているような気もしたが、よろけぬよう、腹に力が入らぬよう、まっすぐに歩くのに気を詰めているので、心細がる余裕もない。真っ暗な厠の内にしゃがみこんでいる間も、腹の渋るのに苦しんで、怖いとも感じなかった。ところが腹の通じのよかったその帰り道、いよいよ腑抜けのようになりながら、足ばかりがなめらかに、廊下の床を摺《す》るようにすすむのを不思議がるうちに、自分の正身はまだ暗闇にうずくまっていて、ここを行くのはすべてが済んで楽になった脱殻《ぬけがら》なのではないか、と怪しむことがあった。怖さとも違っていた。

暗闇の中にいたせいで帰りには目が馴れて、廊下の左右がくっきりと見える。片側に並ぶ部屋はどれもひっそりと障子を閉ざしている。もう片側は二部屋をぶちぬいた十畳ほどの広さの、どういう事情でか畳はすべてあげられ、建具も残らず取り払われ、雑多な物が隅のほうに積まれて、黴の臭いがこもり、夜には一段と廃屋めく。人は夜にこの辺にかかると怖がって足を急がせ、どうかすると小走りになるが、そこもするすると抜けて、階段の上がり口にかかる。この階段が雑な造りの家屋にしては重々しくて、厳めしいように見える。上には広い座敷でもありそうだが、じつは八畳ほどの部屋がひと間あるきりで、人も住まず、掃除もめったにしないようで、戸窓を閉めきっても風の荒い土地のことで、畳に埃が積もっている。幾度か足を踏み入れてその殺風景さは知っているのに、夜の厠の帰りにその下に通りかかるたびに、この上には何があるのだろう、と心を惹かれて目をやる。

真昼間に父親が来客と二人して、深刻な顔つきでその階段をあがって行ったことがあった。どれほどの品のものか知れないが秘蔵の日本刀を客に譲るためだった。刀剣を隠し持った者は見つかると進駐軍に銃殺されるという噂が流れていた。ほどなく客は袋に入った刀を手に階段を降りてきたかと思うとその足で表へ出て、あたりをうかがう様子もなく、すたすたと去った。あれでは何のために二階へ人目を避けたのか、と子供は思ったが、とにかく家の災難が払われたことに安堵した。

ある夜、とりわけ腹から膝まで力の抜けた心地でその階段の下にかかると、大雨が降りかかるその音の中、二階から女の、ほっそりと唄うような気配が伝わってきた。耳に留めた時には、厠の中からもそれとなく聞こえていたような気がした。風もさっきから出ていたので、天井裏に風の吹きこむ音なのだろうと思った。しかしその気配の引く間際に、ああ、極楽、とかなしげにつぶやく声がした。それに押しかぶせて貨物列車らしい轟音が寄せてきた。

その家からほど遠からぬ鉄道の土手の上で先頃、列車に飛び込んだ女がいた。朝から降り続いた雨がようやくあがって夜の更ける頃のことだった。それから何日かして、妙な噂が流れた。おおよその時刻に鉄道のほうから来た男が、小橋の手前から川沿いの路へ折れると、出会い頭《がしら》になった見知らぬ女が白い顔をあげて、今晩は、とにこやかに声をかけ、小橋のたもとから鉄道のほうへ向かったという。そんな際《きわ》に、そんな挨拶をするとは、と驚き怪しむ者もあれば、別人に決まっていると笑う者もあった。ところが同じ噂が、十日もするうちに、いつか方向が逆になっていた。女は鉄道のほうから来て、小橋のたもとを折れたところで出会い頭になった男に、今晩は、と声をかけて、川沿いの路を遠ざかったという。

聞いて人は寒そうに眉をひそめたきり、受けも払いもしなかった。傘は持っていたのか、とそんなことだけをたずねる者もいた。しかし誰も前の噂を忘れたかのようだった。後の噂はもうしばらく残った。

梅雨の間は死にたくないものだ、せめて、と病床から訴えた老人があったと聞いた。喪服が湿気と汗とでぐったりとなれて、気もなえるからな、と言ったそうだ。若い頃に耳にしたことなので、そんな後のことまで気をまわすものか、とひそかに呆れたものだ。あるいは家族や弔問の客のことに寄せて自身の、五月雨に濡れてひとり道をたどるわびしさを嘆いたものかとも考えた。いま思い出せば、また別に聞こえる。言葉のとおり、通夜の更けかかる頃の、重たるくなった喪服の肌触りを思ったのではないか。遺る者の身になって、自分の通夜の間の、生身《なまみ》の苦しさを思いやるのも、その気づかいが命の後まで生きながらえるようで、慰めになったのかもしれない。あるいは実際に、まだ壮年であった頃の、親の通夜の折りの、自身の体感にしばしなりきっていたか。喪服が外から内から、くたれる。くたれを感じるのも、命のしるしである。

梅雨は足の裏から来る、足の裏に床《ゆか》が粘りつくようだと梅雨時に入ったしるしだ、と言う。これも昔の年寄りの話である。いまどきの住まいでは、どうだろうか。一戸建てでも共同住宅でもあらかた、床下が地面からコンクリートによって隔てられている。昔の住まいなら、私にも子供の頃から身に覚えがある。家中の床が、廊下も台所も廁も、畳の上までも湿る。空気中の湿気が床に降りる。床下の土からも湿気が上がる。歩けばひと足ごとに、粘りつく。肌は汗ばむほどなのに、足に粘る湿りが冷たい。その冷たさが足の裏から膝頭へ、そして腹にまで伝う。食あたりの心配される頃である。赤痢やら疫痢の噂もぼちぼち聞こえる。夏場の肉体のあやうさの始まりになる。年寄りは春の盛りから脱ぎ棄てた足袋をまた履く。女たちの中にも、足もとをまた温かくして、腰を庇うのがいた。

馴れ染めた男女は雨の日を待つとも言う。梅雨時を喜ぶことになる。人目を忍びやすい心地がするのだろう。傘に顔も隠れる。湿気にくたびれた服装はおのずと身をやつす。雨にやつした服の感触につつまれて、人を求める素肌がほのかに火照る。雨の中にもそこはかとなく漂う初夏の木の白い花の匂いにも、知らずに感じる。卯の花くたしに、肌もくたれる。大雨の降る音の中で枕を交わした男女が満ち足りた肌をようやく離して、天井に向けて吐く息も静まった頃、いつか雨が止んでいて、人魂の飛びそうな夜ですね、と女が肌をまた寄せてきたとか。

雨の夜の野から赤子の泣く声がしきりに立つ。たしかそんな話をどこかで読んだ覚えがある。捨子ではなくて、妖異《あやかし》だった。妖異はやがて現われるが、それよりもその前触れの赤子の泣き声こそ、聞いたほうになってみればさぞや、それだけでも身の毛がよだったことだろうと読み了えて思った。まだ若い頃のことだった。今ではもう十何年も前から孫を持つ身になり、里方でもあるので、生まれ立ての子を預って日夜その泣き声の中で暮らしたことが四度もあり、そのつど、小さな命の盛んさに舌を巻かされた。まるで母胎の内からこんな荒漠とした世界に放り出されたことを怒っているように泣き叫ぶ。盥《たらい》の湯に漬けられると、とたんに泣きやんで、これでいいんだと言わんばかりの、満足の喉声を洩らす。暗くなって帰る道で、どこの家で赤子をあんなに泣かせているのかと思ううちに、自分の家からだと知って周囲に気のひけることもあった。かなり遠くからも聞こえるものだ。近くに来れば声とともに赤子の甘酸っぱい匂いが暮れた路上まで滴っているようだった。

小さな命のいきおいに負けているなと感じるにつけ、娘たちの生まれた頃にくらべて、いつか還暦もすぎたことでもあり、さすがに老いたと思い知らされたが、それも今では昔のことになった。一時は年寄りばかりのようになったこの共同住宅にも、近頃は追い追い若い夫婦も越して来ているようで、それとも里方として預るのか、赤子の泣き声をたまに耳にする。とりわけ暮れ方の道からその声が伝わってくると、年寄りは安堵感のようなものにつつまれる。

しかし夜半の机に、一日分の力を使い果たし、肘をついて向かう間に窓の外の、雨の果てに、赤子の声の立つのを思うことはある。空耳にまでも至らない。あやかしの気配もない。ただひたむきに呼ぶように感じられる。いよいよ命の尽きる間際に、産声を遠くに聞くという話もある。死んで帰って来た者はいないので、誰も知らぬ境のことだ。遺された者の、死後の生まれかわりへの願望なのだろう。あるいは飢えに追いつめられた世の、捨てた子や土に返した子の、雨の夜に遠くから呼ぶような声が、寿命を感じた年寄りの耳について、うながされて家の者たちもひそかに耳をやったという一同の体験が、年寄りもとうに亡くなった頃に雨の夜話しになり、末長く伝えられたものかもしれない。幻聴に触れた年寄りにとっては、お迎えはお迎えでも、ながらく呼んでいた子を、ようやく迎えに行くことになる。これも末期の、はかないながらに慰めとなったか。

それとも、あやかしが末期を告げるのではなくて、つとに訪れた末期があやかしを呼ぶのか。末期そのものがすでにあやかしのようなものであるのかもしれない。しかしけわしい境遇にあった昔の人は、末期を待たずに平生から、死者の存在に感じて、死を生きていたように思われる。

それにひきかえ、今の世の人間は死からも隔離された了見で生きているようで、昔の人の生きた心を思うのもしょせん身にそぐわず、埒もないことになるばかりだ、とやがて振り払い、これでも明日になれば、すこやかならぬ眠りの後でも、身心が多少は改まって、変わりもせぬ一日を、寿命も知らぬげに、先にまだ宛てでもありげに、時計のうながしに従って、殊勝らしくまた繰り返すことになるのか、と長い息を吐いて立ちあがり、近頃は足も手ものろくて、めっきり閑のかかるようになった寝仕度の、一日の仕舞いの面倒に取りかかる。

行方知れず

枕元の時計を見ると朝の六時過ぎだった。寝覚め際に物をしきりに思っていた。思うそばから、思うことが粉々に砕ける。思うそばから、思うことが粉々に砕ける。それが苦しくて、眠りを払いのけた。後に深い疲れが遺り、今日はいよいよ起き上がれないことになるのかと怖れるうちに、また眠りこんだ。

起き出すと梅雨間の晴天だった。表の光が目につらく、頭の内はどんよりと曇って、寝床へ引き返したいところだったが気を取り直して散歩に出れば、午前の陽差しの降りそそぐ中、日陰が濡れている。夜来の雨の跡にしては濡れ方が新しい。早朝に雨が走ったらしい。寝覚め際に物が思うそばからぼろぼろに砕けるのに苦しんでいた頃のことか。もしも眠りを払いのけずに、天の乱れをまともに受けるままになっていたら、老体は危いところだったのかもしれない。そう思うと、いまここで小さな影を落として、過ぎた雨の痕跡をたどっている自身が何処にいるのやら怪しいようになり、遠くへ目をやって、魂《こん》よ帰り来たれ、とひさしく忘れていた呪文が口をついて出た。禁句を犯した気がした。

その前の日曜日のこと、雨もよいの曇天に、椋鳥の群れがしきりに低く飛ぶ。行ったり来たりする。そう言えば昨日も見た。椋鳥が低く飛ぶのは近頃めずらしい。そう思ううちに午後になり、三時過ぎから競馬の中継を見るうちに、ひとレースがしまえたところでテレビが異様な音を響かせ、これが警戒音で、テロップが流れ、アナウンサーが顔つきを改め、まもなく関東北部に強い地震が来ると告げる。息をこらして待ったが何ともない。すぐに警報は速報に変わり、群馬県の南部に震度五弱の揺れを見て周辺に及んだと伝えた。ニュースのほうに切り換えると、マグニチュードは四・七だが、震源は地下わずか二〇キロだという。震源近くの街からの報告では、下から一撃、突き上げたそうだ。

さしあたり被害は伝えられていないというのでまた競馬中継にもどると、その間十分足らず、つぎのレースが始まり、一頭の馬が直線で馬群を抜け出すとそのままっしぐら、爽快に走ってゴールを駆け抜けた。それに目を惹きこまれながら、真下からもろに突きあげられた現地ではまだ人心地がついていないだろうなと思った。こうして競馬の中継を見ているのが私の現在だが、しかし現在というものもかならずしも自明のことではないようである。テレビを消して立ちあがった時には、あたりの静まるのを怖れていたのを感じた。

ところが翌朝、今にも雨の来そうな曇天に起き出してくると、テレビの震災速報が騒がしい。さては昨日の地震の被害が当初に見たよりも甚だしかったか、それともさらに激烈な余震に見舞われたかと見れば、大都市の交通混乱の光景で、大阪の震災だった。震源は大阪の北部らしく、震度は六弱、震度五が京阪神にひろく及んでいる。マグニチュードは六・一、やはり直下型で、震源はさらに浅く地下一三キロだった。阪神・淡路大震災の折りほどの惨事には至っていないようだが、通勤時にかかる頃なので、途中で足止めされた人々の、行くにも帰るにも為すすべを知らぬありさまが映し出された。先の見通しもまだついていないと言う。高架線の上に停まった電車に長いこと閉じこめられた末に、ようやく梯子をかけられて外へ降り、線路伝いに最寄りの駅へ向かう人の列も見えた。地震の寄せた時、高架線上の電車はさぞや大きく揺れたことだろう。その直前にてんでのポケットやバッグの内から一斉に鳴り出した警戒音はすでに阿鼻叫喚をふくんでいたかもしれない。わずかに動いているバスの停留所には長い行列ができている。もう一時間も並んでいるという。

今では足腰も弱ってひきこもりがちの身になっているが、たまたま用があり街に出て、もしも引き返しもならぬところでそんな目に遭ったとしたら、先の見通しも知れぬと聞いては立ってもいられなくなり、人込みのはずれに腰を落とし、やがてうずくまりこみ、果てはどこにいるのか所も時も失せてしまうのではないか。いい加減な了見でいると末は路頭に迷うことになるから、と子供の頃に親におどされた。行き倒れなどという言葉もまだ身に迫って聞こえる時代だった。大人の口にした片言隻語は子供にとって後年まで、影となってつきまとう。生涯の戒めはそんなさまざまの不吉な言葉から成り立っている。しかし天変地異に遭えば、その戒めも無効になる。わずかずつ復帰しつつある日常の中での、白昼の行き倒れもある。

　年老いてから若い頃の自分の何がうらやましいか、失って何がうらめしいかと言えば、足腰の強さにまさるものはない。同じことをたずねられて、女が美しく見えたことだ、と立ちどころに答えた男があり、そうには違いないが、そのうらやみも足腰のまだまだ達者なうちのことである。美女も男にとって厄災になり得るが、天災ともなれば、足弱の年寄りはまず死を覚悟しなくてはならない。若い頃にはよく歩いた。戦災の名残りのまだあった頃なので、必要とあれば、必要はなくても気が向けば、どこまでも歩いたものだ。疲れて腹もすいて、抜けかけた魂を足がよたよたと追うようになってからも、だいぶの距離を歩いた。

その私からしても狂ったかと思われるほどの豪の者たちがいたことだ。男が二人、新宿あたりの安酒場で呑むうちに、夜は更けかかり、このまま居続けては明日からの懐中がさびしくなるので店を立ったはいいが、別れる気になれず、街道を西へ向かって足にまかせて歩き出した。初めは話しながら、そのうちに黙りこんで、惰性の気楽さというか、取っ憑かれてというか、と本人たちは後に笑って話していたが、とにかく歩き続けて、やがて夜は明けて、陽は高くなり、その陽も傾きかける頃には奥多摩まで来ていた。そこでさすがに引き返すかと思えば、手近な山に登り出した。

道中の腹ごしらえはどうしたのかと心配されるところだが、当時、モリソバのお値は二十五円ばかり、大盛りにしても十円増し、安酒場にせよ居坐るよりは安くつく。高くもない頂上にたどりつくと、陽はだいぶ傾いていた。さすがに草臥れて二人して風陰の日溜まりに寝そべり、少々のつもりでまどろんだ。二人同時に目を覚ますと、陽は西の山にかかるところだった。

いくらも寝ていないものだなと一人がつぶやくと、いや、あれは昨日の、日の暮れではないか、ともう一人が寝惚けたようなことを言う。

二人して顔を見合わせた。二十四時間あまり昏睡していたことになる。跳ね起きて、すぐに下りにかかった。二十四時間なら辻褄を合わせられるが、あまりの一時間ばかりの寝過ごしが、下山に祟る。駆けるようにして下ったが、いくらも行かぬうちに山中はとっぷりと暮れた。やがて暗闇になり、足もとの道もほのかに見えるばかりで、曲がり目にかかると谷の沢の音がもろに押し上げ、道のすぐ脇から断崖が墜ちこんでいるように聞こえて、竦みかける足を踏ん張っても、身が宙へ持って行かれそうな気がする。這う這うの態で麓にたどり着き、最寄りの駅から電車に乗り、有り金はたいて空腹のまま、また長い道を揺られてもどってきたという。

聞いて私はその無謀さに呆れ、持久力に舌を巻き、自分にはとうていできない、かりに取っ憑かれたように歩き出したところで良い加減なところで引き返して来ることだろう、帰り道の長さには耐えられるほうなので、と思ったがしばらくすると、どうだか怪しいものだと疑った。私にもどうかすると足にまかせてどこまでも歩く癖があった。一人の時に限る。お互いに気を紛らわして歩調を抑えあう相手がいなければ、徒労感に追いつかれまいとするように、ひたむきに足を運ぶ。気がつけばかなり遠い所まで来ている。そこで立ち止まり、あたりを見まわす。思案するらしい。その思案というのが、このままさらに先へ行ったら引き返す気をなくしかねないと戒めるそのまた一方で、このまま足にまかせて進めとしきりにうながす。結局は踵を返すことになる。その帰り道には眉をひそめて、どこをほっつきまわっているんだか、とまだ迷い歩く影を咎めながら、ことさら実直そうに歩いている。

居るべきところに居ないという恨みが、いっそ気楽になったつもりの二十歳の青年の奥底にまだひそんでいて、それが折りにつけ、遠くへ迷い出ることへ誘ったのではないか、と老年の今になり考える。新宿あたりから奥多摩の山まで夜通し日通し歩いた二人も、空襲で住まいを焼かれたとは聞いていなかったが、一人は家の内に事情があり、もう一人は苗字の変わったばかりのところで、実家と養家との間の、去就にまだ迷っていたようだった。

あるいは戦災で大切なものを失った人間にとって、戦後十年あまり、まだ魂が身から離れやすい時代であったか。


大阪の地震の翌日には選りに選って被災地に大雨が予報され、震源の周辺ではゆるんだ地盤の土砂崩れを怖れて、勧告に従って避難した住民が多数あったと伝えられた。さいわい土砂崩れはまぬがれて自宅にもどったとしても、物は墜ち建具は破れた家の内はしばし手のつけようもない。老年ならば復旧も徒労に思われる。さしあたり避難所にもどった人もあったことだろう。私自身、六十代のなかばを過ぎた頃に、夜半にひとり起きて冷や酒を嘗めながら、先のことはわからないけれど、この年齢《とし》まではとにかく無事に来たか、と感慨めいたものにひたるうちに、いつか背中がまるまり、まるでどこぞの避難所にようやく落ちのびて、差し入れられたわずかばかりの酒をありがたく頂いているような心地になったものだ。今から思えば避難所で酒どころか、この老体は災害に遭って家から走り出たら、安全なところにたどり着く前に力尽きていることだろうと呆れるが、その当時には、来るべきところへ来たように得心する自分を思ったようだ。

いよいよ老年に深く入る手前の心境だったのだろう。その頃、私と同年配の男が言うには、子供たちが自立してよそへ出てしまうと、長年の住まいが、ここに越す前に下見に来た時の見知らぬ住まいに、隅のほうから返っていくような気のすることがある。長年のこととも言えないのだろうな、子供が生まれてきて、一人前になって出ていく、たかがその間のことだから、ともうひと言つぶやいた。聞いて私はそれとは逆に、いよいよよそへ越す前夜の、荷物も家具もあらかた片寄せられて、黴臭い壁の剝き出しになった、すでに廃屋めいた光景を思い浮かべていた。子供が育って家を出て行くまでの歳月が長年なのかどうなのか、言われてみればおぼろになるが、戦中から敗戦後にかけて流転を見た家の子は、中年になってから定めた居を一途に守ってきても、避難者や居候の心をどこかに留めて、老いに入るにつれてそのかりそめの心が時に、変りもせぬ日常の中へ訝りとなって上ってくるものかと思った。

これからいよいよ本格の梅雨に入るかと思ううちに、六月の内に夏が来た。連日、暑さが続いて、そして連日、強い風が吹く。終日吹いて、夜にも止まず、翌日あらためて吹いている。目の前の樹木は風に揉まれているのに、空を見あげれば炎天にしては色が淡く、ところどころに浮かぶ白い雲がほとんど動こうともしない。そのまま、七月に入るのを待たずに、関東に梅雨明けが伝えられた。

昼間はまだしも、風の吹き込みになやまされてもしのげるが、夜に戸窓を閉めて眠りかけると、汗が噴き出す。人は寝入りに、こんな老体でもいま一度、これを限りというような、熱い息を胸の奥から吐き出すものなのか。若い頃にも寝床で自分の身体の熱さに苦しんで目を覚まし、知らぬ所に寝ていたように思って怪しむことはあった。悶々と寝返りを打つうちに身体がいつか反転して、枕の上下を違《たが》えていただけのことだった。身体の向きが逆になれば、見馴れた部屋も見知らぬ所に映る。起き出して冷い水を呑んでくれば、錯覚の名残りはおさまった。

年寄りは寝返りも打てない。寝苦しさに悶々としていたようでも、朝になり起き出せば、敷布に乱れも見えない。まるで早くも棺の内に納まっていたかのようである。かりに年寄りの魂は身から離れやすく、寝苦しさにたまりかねて熱い息とともに吐き出され、しばし半端な宙にさまようのだとしても、覚めればすこしも思い出せぬこと、いましがた置いたばかりの物の在処《ありか》をすっかり忘れるのにひとしい。

　実際に夜中には魂が身から離れて、夏ならば涼風に吹かれ、冬ならばどこかで暖を取り、しばし安息しているので、人は日々に、甲斐もないようなものの少々ずつ改まって生きているのかもしれない。壮年の頃にもそんな離魂めいたこともあったが、よほど追い詰められた折りに限った。窮地にあってこそ、短いながらに深く眠る。魂を吐き出すほどに昏々と眠る。老年はそんなことがなくても、昨夜の眠りが苦しかったというばかりで、終日、魂がしっくりと身につかぬような心地で暮らす。身体の繋ぎ止める力が弱ったせいなのだろう。来年のことも知れない身には、平穏無事の日常がそのまま、差し迫っていると言えば差し迫っている。午後からまた半日の仕事に就いて、昨日見失った手がかりを何とかつかみなおそうとやや茫然と思案するのも、離れた魂を寄せようとする、招魂に似たところがある。日常のこまごまとした仕事につけても、長年馴れきったはずの手順に、ちょっとした間違いがはさまるようになり、その間違いが順々に先へ及んで、やがては奇っ怪なことをしている自分に驚くことがあり、些細な事に取りかかる前にも、自明のことをしばし思案する。浮き気味の魂を身につけなおそうとしているらしい。

霊魂の不滅を信じる者ではない。生きている者として、死後のことを考えるのは詮ないことだと考えている。霊魂の不滅を信じる人間が世界の過半数を占めるとしても、かりにも合理の洗礼を受けた近代の大都市に暮らす以上は、すくなくとも一般の論議の場には霊魂の不滅というようなことを持ち出さぬのが作法だとも心得ている。しかし、霊魂という観念の起源はおそらく太古にさかのぼる。人類が原初の社会を営み出した頃にはすでに、一身を超えた共同体の存続を願って、あるいはその存続の前提として精霊、先祖の霊という観念が求められたと思われる。精霊は不滅でなくてはならない。観念があれば言葉もある。天翔ける鳥、という言葉を借りたかもしれない。深淵に潜む魚、と呼んだかもしれない。

今の世にあっても、霊魂という伝来の観念をおのずと踏まえないことには、言葉も成らぬことがあるようだ。生涯の詰まったのに感じて、子や孫たちに配慮の言葉を遺す時、言葉そのものが、その現在《いま》が本人の死後まで、あたかも霊魂が不滅であるかの如くに、わたっていなくては意味を成さないのではないか。恐怖の時にはどうか。その極度の境では、魂が宙に浮いて、恐怖に竦む我が身を、静まり返って見ている。そして物は言えなくても、言葉はある。これこそ恐ろしい。言葉は永劫の域に入りかける。永劫は空無ながらの切迫と感じられる。

精神と肉体はひとつであり、ひとつでしかなく、切り離すことはならない、と思い定めるのが今の世の人間にとってまずは穏当にして実直な生き方になるのだろう。肉体が死滅すれば精神も消滅する、と投げやりの虚無感にまかせるのではなくて一身の覚悟として受け止めるなら、これも敬虔の内であり、それで人生が貧しくなるというものでもない。魂が身から離れるとは、人のことならともあれ、自身には許さない、という厳格な立場もあることだろう。

後生だから、殺してくれ、と末期の床から家の者に求めた人もあると聞く。苦悶の中の譫言ではなくて、いっとき静まった心からの懇願と取るべきなのだろう。そんな境でも言葉は成り立つ。深い淵に一点、瞬《また》いた光のようなものだ。殺してくれと求めるのは誰なのか。迫った死に逆って悶えるのは誰なのか。後生だから、という言葉もこの際、異様に聞こえる。誰の後生のためなのか。西洋のほうの「神のために」という哀願の言葉に、「後生だから」という訳を宛てたのを読んで、どんなものかと首をかしげたことがあるが、殺してくれと求めるのは、もしも霊魂の不滅という観念の残余がなければ、虚空に向かって叫ぶことになりはしないか。

殺してくれ、さもないと、あなたは人殺しだ、と呻いた人もある。あなたはわたしを殺さないと、わたしを殺すことになる、という背理になる。平明さの中に残酷な背理をふくませる作家だった。この末期の懇願の言葉は、笑って言ったかどうかは知らないが、背理の諧謔が平明の極みに至っている。言葉はつき詰めるとすべて諧謔、徒労の諧謔なのか。人は最期まで言葉という危うい綱を渡り、そして渡り果てぬ者なのか。

死をも恐れなくなるほどの苦しみでした、と重大な手術の後の苦しみを伝えてきた人もある。ようやく小康を得て家で静養していた頃の音信だった。手紙を読んで、私も手術後の身だったので、生身を切り裂かれた後の苦悶を思って暗然とさせられたが、しかし死をも恐れなくなったというところに、揺がぬ心があるようにも思われた。一年ほどして再入院して亡くなった。

相変らず、荒い風が吹いている。六月の末からもう十日あまりも続いている。早くも来た猛暑の日にも、梅雨のもどりのような日にも、ひとしく吹いている。地中の水が乾くので、地上の風が燥《はしや》いで、火が起こりやすくなる、と五行の説に拠って学者の諮問するのを当局が受けて、地中に埋設された上水道の一部を撤去してしまったという江戸期の話を読んで呆れたことがあり、古人は天と地との、天象と地象との、相互の感応を、そんなふうに見ていたのかと考えさせられもしたが、しかしそれも冬場から春先のことだろう。今は梅雨の名残りもあり、未明にはときおり雨も降るようで、地面はしっとりと湿っている。西のほうではあちこちで大雨に見舞われていると伝えられる。今後もさらに降り続くと予測される、と警告する気象庁の声が、ただならぬ切迫感を帯びている。

樹木が風に揉まれている。連日、日夜のことなので、材質に疲労が来はしないか、といらざる心配をして眺めていると、風を受け流すのに、巧みがあるように見える。絶え間もなく吹くと見える風にも呼吸はあり、しばし息を入れてからまた吹き出し、吹きつのりかけると、小枝がまずふわりと浮いて、それから低く長くなびき、その間にもわずかずつ上下に揺れている。大枝へ繋がる節に掛かる歪《ひず》みを抜いているらしい。よく見れば大枝の、小枝に近いほうが震えている。幹のほうは揺らぎもしない。揺らぐには樹皮も厚く材質も固く詰まっているのだろう。しかしその幹というのが根元の、人の背丈に足らぬ所からすでにふたつに割れて、さらに幾重かに分かれて、枝であったのが肥大して幹となり、また大枝から小枝を分けている。太幹の根元はいくつもの幹がひとつに塊《かた》まって融合したように見える。

しかし大枝も幹も根元の太幹も、さらに地中に張りひろげた根までも、小枝を風にまかせながら、内で揺らいで軋んでいるのではないか。共振れをふせぐための枝ぶりでも、全体に共振れがなければ、また危うい。風の通り道に育った樹木は、見る人が見れば、ひと目でわかると聞いた。ひとたび根をおろしたところに生涯束縛される樹木は、その場所の風雨に堪えて、老いるにつれて、奇っ怪なような姿を見せる。

そのうちにある日、夜更けに風がはたとおさまった。木の葉もちらつかない。そして樹がひときわ高く立ったように見えた。風の絶えた闇夜の森林ほど恐ろしいものはない、と若い頃に山登りの男が話していた。木の葉はそよりともしないのに、天から音にならぬ轟きが降ってくるようで、思わず耳を澄ますと、この自分がどんな間違いを犯すか、知れぬ気がしてきてとつぶやいて、どんな目に遭ったかは話さなかった。その言葉を思い出して目の前にさらに静まる樹木を眺めるうちに、自分にも似たような体験があり、その時の昏迷を恥じて悔んで、忘れているのではないかと思われた。見あげれば、空一面にかぶさって動きも見えぬ厚い雲が内に白さをふくんでいる。目のせいではないらしい。ほのかに白い光がたしかに内から差している。

ほど遠からぬ環状道路も、やや遠い高速道路も、今夜は鳴りをひそめている。大型トラックの、西へ向かう便も、西から来るはずの便も、多くは運行を見合わせているのか。今日も西日本では広い範囲にわたって桁はずれの豪雨に見舞われて、あちこちで大水や山崩れの災害が起こっている。死者行方不明者の数も増えて行く。被災地には大雨がさらに続くという。年老いてから報道にはめっきりうとくなり、それほどの大事になっているとも知らずに眠っていたこの朝の、払暁の頃になるのか、七人の死刑囚の、処刑が執行されていた。都心の地下鉄の惨事から、二十三年あまり経っている。その二十三年という歳月が、今になり深い沈黙に感じられた。

それから一日ごとに、西日本の被害は拡大した。翌々日の朝刊には死者五一人、行方不明者五八人と伝えられたのが、その午後の報道では死者六二人、不明者六六人となり、また翌々日には死者一二六人、不明者八六人と跳ねあがった。遠隔の地にあって災害の報道を見る者も、これでもかこれでもかと惨事を告げられるにつれて気が騒ぐ。眼も血走ったようになる。人の不幸をと慎しんで口数はすくなくしていても、内では饒舌になる。これが曲者《くせもの》である。現実に触れられまいとして騒いでいる疑いがある。

見てはならぬものを見た、と三陸の大津波の折りにそんな感想を新聞に寄せた人があり、当時しきりに飛び交った言及の中で、この言葉が私の心身に染みた。これも傍観の立場には違いないが、傍観のそらおそろしさが伝わった。感想というよりも、悔いの念に近いと感じられた。現地のその時から送られてきたどの映像を見てのことかは知らないが、その言葉に触れて私の目にまた浮かんだのは、海辺からかなり隔たっ

じつはかなりの速さなのだろうが、見た目にはゆっくりと這って進む、空中からの映像だった。内では水が滾《たぎ》り、轟々と沸き返っているはずなのに、上空からの撮影なので、音が伝わって来ない。音を断たれていることが、かえっておそろしく感じられた。

見てはならないものを見た、と私も子供の頃に、生まれた家が敵の焼夷弾をまともに受けて、家の内は軒から白い煙を吐きながらまだ静まっていたが、二階の屋根の瓦に鬼火のような炎のいくつもゆらめくのを、防空壕から飛び出して目にした時に思ったようだ。三月十日の未明の、十万もの人の命を奪った本所深川方面の大空襲から、ふた月半経っていた。四月のなかばの山の手の空襲では、私の住まう界隈の近間まで火が及んだ。その夜はわずかに難をまぬがれ、明日は我が身かと構えていたところが、それからひと月あまり、敵にとって不都合な異常気象のせいか、まずは安穏な日が続いて、危機感も鈍《なま》ってけだるいようになった、その末のことだった。見てはならぬものを見たという、現実と非現実との間《はざま》に放り出されたような恐怖は、思いがけぬ目に遭った時よりも、ひそかに思っていたことがそのとおりに身に降りかかって来た時に起こるものらしい。

静まりを忌む習性が今の世の人間にはついている。話の切れ目のわずかな沈黙も怖れる。耳は遠くなったのに騒音に苦しんで世の活動から遠退いて暮らす私自身も、深夜にあたりが静かになった上に、もうひとつ静まったように感じられると、雑念でもって紛らわしている。昔、洪水に遭ったことのある人の話したところによると、屋根を叩く雨の音がふっと引いて、遠くから潮騒のような音が寄せ、それが調子の狂った囃子《はやし》のように聞こえてくると、まもなくけたたましく半鐘が鳴り出すという。どこかで堤防の破れる気配を、雨の音のやや静まった中で、感受したのだろう。あるいは、厄災がいよいよ身に降りかかって来る間際には、内であるか外であるか、瞬時の静まりがはさまるものなのか。

平穏な夜の、時ならぬあたりの沈黙は過去の厄災の、叫喚を忘却の底から呼び出しかける。沈黙の中で人は狂うとも言われる。戦災も災害も体験していない人間が沈黙を忌むのは先祖たちの体験が、遠い既往が埋めこまれているせいだろうか。記憶の根は本人の思うよりも深い。生まれる以前までさかのぼる。

あるいはそんな遠い過去からのことではなくて今の世の喧躁こそ、それに馴れているようでも、それしか知らないようでも、じつは耳に耐えられるその限界近くまで迫りつつあり、すでに阿鼻叫喚の前触れをふくんでいるのではないか。外の静まるのは今の世では滅多にないことだ。家の内にも、外の音を遮断していても電気器具のざわめきが日夜こもる。何かのはずみに静まるのは人の内である。とたんにあたりの喧躁が内に雪崩れこんできて、それに応えて狂乱が底から押しあげる。

昔の里は夜が更けて家の内の人の声が静まるにつれ外の声、風の音や川の音がまさり、山の音まで伝わることもあるが、それらの音のぱったりと止むことがあり、そんな夜には家の者たちが何となく寝そびれて茶の間に寄り、過去の災害から伝えられた話をひそひそと交わしてから、戒めるような気持で床に就いたという。

本格の夏の来る前に当面の仕事の片を一応つけて逃げ切ろうと思っていたところが、とうに夏に追いつかれてしまった。猛暑が続く。やがて酷暑と呼ばれるようになった。夜は夜で蒸し返す。室温が夜半をまわっても三〇度を下らない。眠るのが汗まみれの苦行となった。

西のほうが東よりも梅雨明けが遅れるというさかさまのことになった。その西日本の炎天下、大雨の犠牲者の数が日を追って増えて、死者は二〇〇人を超えつつある。気息奄々の年寄りが遠隔の地の死者の数に日々に目を剝いている。

夏が来れば何か良いことが待っているような心になったのは、あれは学校の夏休み前の子供の習性《ならい》だった。夏が来たとて何も改まりようもないことは子供心に承知の上であり、それだけにやるせなさもまじった。山へ海へ家族して出かけるような時代ではなかった。旅行どころか、自分らの居所すら先の見えぬ仮住まいだった。炎天の午後ともなれば身も心もけだるくて、湿気をふくんで臭う古畳に寝そべり、蟬の声と近所の町工場の音を聞くうちに眠りにひきこまれ、汗まみれになって目を覚ます。陽が低くなり涼風の立つのをひたすら待つ。そんな毎日だった。ただ朝の空気は当時まだ爽やかで夏の香りがして、その中でアサリ、ハマグリ、シジミを売る声が表通りを行く。納豆売りの子供の甲高い声も立つ。

敗戦の年は七月の末まで梅雨が続き、東京の家を焼かれて逃げた先の大垣の父方の実家も焼け出され、身の置きどころもなくなったところで、いきなり真夏になった。母方の里の美濃町に身を寄せることになり、大垣からようやく岐阜に着いて駅頭に立つと、あの交通も音信も不順な頃にどう連絡がついたものか、カンカン帽をかぶり扇子を手にした祖父が迎えに来ていた。母親はその手にすがって泣いていた。まだ三十代の女だった。子供は駅前からひろがる焼跡を見渡して立ちつくした。大垣よりも徹底して破壊された跡だった。正午頃の炎天に炙られて瓦礫の原が盛んに陽炎をゆらめかせている。白昼の炎上を見るようだった。美濃はそこからさらに北へ二時間近く小さな電車で奥に入る。

母の里は酒造家《つくりざかや》だったので、母屋の裏手のゆるい坂を登ったところに、酒蔵があった。棟は高く下は土間になり、炎天下にもひんやりとした空気を内に溜めていた。大きな酒樽が並んでいる。子供の背丈では頤をあげて見あげる高さだった。年季の入った樽の材が湿りをふくんで内からふくらんでいるように見えた。樽の低いところに差した栓をときおり抜いて少々の酒を取り、熟成の加減を見る。八月のことで、樽の内は熟成中だった。酒精の気が屋内に濃く漂う。長年にわたり隅々まで染みこんでいる。しばらくいると子供はその気にあてられて頭の内が重たくなり、酒蔵をまっすぐに抜けて、また炎天の下に立つ。ひろい畑を渡る風に吹かれていると、魂の抜けたような心地になった。

畑の果てを限る長いゆるい坂道を、ある日、やはり炎天の、風も吹かぬ正午前に、葬列の登って行くのを見た。霊柩車が行く。街で見るのに劣らぬ荘厳の飾りがほどこされているが、轅《ながえ》がついて人が曳いている。先頭に立った僧侶の鳴らす鉦の音が細く伝わり、遺影を抱いた人と、膳らしいものを捧げた人とが後に従い、霊柩の車が間に入り、参列者が十何人か続く。この暑さに一同、黒い物を着て、日傘らしいものも差さずに、照りつける陽をまともに浴びて、ゆっくりとゆっくりと坂を登って行く。いまさらどうして死ぬのだろう、と理不尽なことを思ったものだ。八月十五日よりもよほど後のことになる。亡くなったのは高齢の老女だともつとに耳にしていた。とにかく安穏になった日々にも人は死ぬということが、にわかには呑みこめなかったと見える。畑から母屋に降りて、空腹ながらに食の進まぬ昼の膳に就いた頃に、裏山から白い煙が昇った。

雷鳴のしきりに叩きつける中で、雨戸をすべて閉ざして暗くした家の内に、線香の匂いが漂っている。坂道の葬列を眺めた日の、その午後のことと記憶されている。座敷には大きな蚊帳が吊られて、その中で女たちが寝ている。線香や蚊帳はお呪いのようなものだが、多少の根拠のあることらしい。祖父という人が、痩軀ながら家父長の威厳を備えた人だったが、雷を嫌った。昔、庭の柿の木に落雷を見たせいと言われ、空が雷雲に覆われて風が吹き出すと、さっそく雨戸を閉めさせて蚊帳を吊らせ、その中に入るように家の者たちをうながす。男たちは面倒臭がって入らなかった。女たちは午睡のあられもない姿を人の目に憚るという時代だったので、この時は天下御免とばかりに蚊帳にもぐりこんで、やがて雷鳴のしきる中で寝息を立てる。

祖父はと言うと、家の者を急き立てておいて自身は蚊帳に入らず、廊下のはずれにしゃがみこんで、端の雨戸を細目に開けては表の様子を窺っている。日頃は腹の据わった人ほどとかく雷を怖れると後に聞いたが、そうなのかもしれない。子供は天の騒ぐ最中に安閑と寝そべっていることが堪え難く、やはり蚊帳に入らず、部屋の隅に坐りこんで、廊下の祖父の様子を見ていた。そのうちに雨の音がやや静まったかと思うと、家の内が青く光り、近いぞと祖父が声を立てて雨戸を締める間もなく、天井からもろに雷鳴が叩きつける。裏山に火柱の立つ光景を子供は思った。雷鳴に女たちの寝息は途切れるが、すぐにまた始まる。雨の音があらためて寄せてくる。近間の落雷は雨脚のふっと引いたその合間に起こるものらしい。その前触れの静まりが、過ぎた後からおそろしく感じられた。女たちの寝息がかえっておそろしさを加えた。炎上しかけた家を棄てて奔る群れの中で、女たちは悲鳴も立てなかった。天へ向かって吠えるように叫ぶのは男たちばかりだった。その女たちが一斉に叫ぶ時には、あたりはたちまち地獄になっていたことだろう。いっそ死んでいれば、これからそんな目に遭わずに済むのに、と炎天の坂を人の曳く車に運ばれて行く老女のことを思った。

西日本の水害の死者が二二〇人を超えた。行方不明者の数もすくなくない。この行方不明という言葉がまた、私にはよけいにおそろしいように聞こえる。無事と知られる人もあるだろう。死者の数に加えられる人もあるだろう。しかし行方不明のままになる人もある。

逃げ遅れて、辛じて命の助かった人はその後、どんな心地でいることか。予兆を感受していながら、何かに紛らわされてこれをやり過ごすと、あとはずるずると機を逸する。降りつのる大雨の音も遮断するように今の世の住まいはできている。雨の中から緊急避難を呼びかける巡回車の声も、あるいはサイレンの音も、遠い事に聞こえる。居間のテレビからしきりに退避をうながす声も、日頃とは異質の、差し迫った口調で繰り返されているのに、映像はその声とともに、見る身の現実から遊離する。遊離させるのが見る者の長年の習癖でもある。それにまた、静まりをとかく忌む今の世の人間は、危機を感受する器《うつわ》ではなくなりつつあるのかもしれない。危機は外の異様な気配よりも、内の異様な静まりとなって兆す。

逃げる機を逸しながら危うく死をまぬがれた人は、ようやく生きた心地がついてから十日も二十日もして、あの時のわずか十何分ほどの遅れにいまさら悔いの念のようなものに苦しんで、つれて自身がまだ生死の不明の境に浮いているような気になりはしないか。戦争では大勢の人が死んでいる。戦地では三〇〇万余とも聞く。国内では空襲による死者が三〇万と敗戦直後の調査では数えられているが、大都市と広島長崎の死者を合わせただけでも三〇万を超えるので、全体としてとてもそんな数ではあるまい。行方不明者の数も大きい。敗戦直後にはとうてい数えきれるものではない。行方の知れぬ人を尋ねる、尋ね人と言うラジオの定常の番組が、たしか戦後五年は続いたかと記憶していたところが、じつは敗戦の翌年から十六年にもわたったと聞く。高度経済成長の時期にまでゆうに及ぶ。

わずかな差で死をまぬがれた人も多かったはずだ。それぞれにとって誰かが行方知れずであり、それぞれが誰かにとって行方知れずであった。行方不明の身を各々、分有していることになる。行方不明のまま生き存えた人もあると聞く。人にとって行方不明であるばかりでなく、自身が由来不明だと言う。ひとりの子を遺して、一家一族が全滅したという悲惨な例もある。子の安否を尋ねる人もなく、子は親を探そうにも、自分が何処の誰であるか思い出せないので、尋ねる縁《よすが》もない。そのまま苦労に堪えてまず人並みに生きてきて、晩年になり、行方不明の自身を見ることがあるらしい。

世の中全体が行方知れずのままに、おのれの行方知れずをいつか忘れて来たようにも思われる。

四〇度に近い高温を記録した。窓を開け放して風を通していても、室内の気温は三五度あまりもある。この暑さは命にかかわる、と警告された。酷暑には違いなく、熱中症とやらで運ばれた人も多々あったそうだが、命にかかわるとは、言葉がさすがに過ぎるように思われた。大空襲の折りには、火炎を避けて防空壕に留まったばかりに、無傷のまま窒息死した人がすくなからずあったと聞く。酸素の足りなくなったせいもあるが、周囲の空気の温度が五〇度を超えると、肺のガス交換が滞るものらしい。壕の内で端然として果てていた人もあるという。

未明に室温が三一度をくだらない夜もあった。思い出してみれば、未明の最低気温が二六度もあると聞いて、そんなこともあるものなのかと驚いたのは、今からたしか三十年あまりも昔のことになる。三十何年前と言えば私ももう若くはなかった。生命力はとうに盛りをまわっていたはずである。それからも長年、夏の夜の寝苦しさをよくもしのいできたものだ。それが今では、汗にまみれて寝覚めしたようでも、夜着がぐったりと濡れているでもなく、寝乱れた跡も見えず、殊勝らしい仰臥を守り、膝をかるく浮かせて、瘠せ細った脛をわずかに通る風に撫でさせ、命乞いのような喘ぎを洩らすわけではないが、まるで長い苦悶がようやく遠のいて、その名残りのだるさに身をまかせながら、なにやら生涯の悔いの念の、ひさしく忘れていたのがようやく還るのを、それと最期に折り合うのを、待っているかのようでもある。

人の命にかかわると言われた酷暑はまだ続きそうだが、八月に入れば日の暮れには物陰からひそかに秋めく。通る人の顔にも秋めいた陰翳がほの見える。ツクツク法師もまだ細い声ながら鳴き出した。蜩の声もそのうちに聞こえてくるだろう。入道雲も立つようになった。

――皿鉢《さらばち》もほのかに闇の宵《よひ》涼み

芭蕉のこの句がまた浮かんだ。相も変わらず暑苦しい夜の、汗まみれの寝覚めの床からだった。いつ思い出しても、長い苦しみの後の、わずかな安堵を覚えさせられる。手もとも暗い宵闇の中から浮かぶ器《うつわ》の、白さが救いのように、解脱でもあるかのように、眼を涼しくする。芭蕉の最晩年の、最後の夏の、句である。しかしそんなことにあらためて感じ入るうちに、おかしな夢を見ていたことに気がついた。いましがたの寝覚めの際だけでなく、これまでに繰り返し見た夢のようだった。

秋の影の降りた夏の夕暮れの、蜩の鳴き出す頃に、老女が尋ねて来たようだった。扉を開けた私の顔を見るなり、何々チャンと名を呼んで、ああ、来た甲斐があった、やっぱり無事だったのね、と涙をこぼす。ついぞ聞いたこともない名前だったが、正真親身な安堵の声についほだされて私も涙ぐんだ。長い年月でした、主人にもとうに死に別れて子供もありませんので、このまま行方知れずにしておいては往生するに往生しきれないと、居ても立ってもいられなくなりまして、もうあちらこちら、足を棒にして尋ねて歩きました。会えて良かった、と言う。

わたくしの親兄弟はもう探すまでもありませんでした、わたくしは落ちのびに落ちのびて、知らぬ人に拾われました、と話してまた涙をこぼす。

　どう聞いても戦災の折りのことを話しているようだが、初めに老女と見えたのが、よく見れば私よりもよほど若いようで、敗戦の時には生まれていたかいなかったの年配に思われた。すべてが訝しいが思いあたる節もあるようで、相手が身の上を涙ながらに打明けたからには、こちらもその間に双親に死なれ、兄姉にも死なれた次第を話したが、どれもここ五十年足らずの内のことであり、世の中は戦災の傷跡も見えなくなっていた。話しながら、これが自分の、ほんとうの身の上なのだろうか、と疑いが湧く。なにやら悪びれた気さえして来るのに、女は私の話すことにいちいち、そうだったの、そうだったのと深くうなずいて、苦労したのね、でも、もういいの、お互いにここまで生きて会えたのですから、と取りなす。

　これですっかり安心しました、わたくしはもうじきに死にます、思い残すことはありません、と仕舞いに女は晴れやかな、若やいだ声で別れを告げると、また老婆の後姿になり、夕映えのほうへ向かった。

　後に置かれて私は、女が去り際にもうひと言、あなたは火の迫る中でいきなり母親の手を振り払って、あらぬ方へ走り出したのですよ、捕まえるのがもうひとつ遅れていたら、取り返しのつかないところでした、男の子だからしかたないようなものの、と諭《さと》すようにしたのにこだわり、うなされて、何の間違いかと呼び止めようとしたが、老女の姿は白髪から夕映えに赤く照って紛《まぎ》れた。

気がついてみれば、寝床の中で笑っていた。声までは立てていなかったが、物に狂へるか、と我ながら呆れた。皿鉢ばかりが白く光るのも、暑さに茹る生身が、じつは生きながらになかば亡き者になっているしるしかと思うとよけいにおかしい。

こんな笑いよりもしかし、老木が風も吹かぬのに折れて倒れる、その声こそようやく、生涯の哄笑か、未《いま》だ時ならず、時ならず、と控えて笑いをおさめた。

解説　そのかりそめの心――古井由吉『この道』

松浦寿輝

古井由吉は二〇二〇年二月十八日、肝細胞癌で逝去した。享年八十二。二〇一七年から一八年にかけて『群像』に発表された短篇を収録し一九年一月に刊行された本書『この道』は、彼が生前、最後に出した小説集であり、この不世出の文人が成し遂げた比類ない文業の到達点を示す一冊である。

短篇八作――その一つ一つを独立した作品として読もうと、八篇が全体としてゆるい絆で繋がった連作をなしていると読もうと、どちらでも構わない。また、一篇ごと、虚構の細部をちりばめた小説とも読めるし、著者自身とぴたりと重なる「私」の視点から書き下ろされた感懐吐露のエッセイと読んでもよい。どのようにでも読めるこの散文の融通無碍《ゆうずうむげ》ぶりは、独立した「作品」の観念にも、小説とエッセイを分かつジャンルの境界の観念にも信を置くまい、という著者の強固な意志によってもたらされたものだ。

ただひたすら、文章が——小説だのエッセイだのに分化する以前の、野生の、始源の、荒々しくも繊細な文章が、書き継がれてゆく。言葉の水が流れてゆく。流れるかに見えてふと途絶え、かと思うとまた思いがけない場所から湧出し、新たな川筋を作り出す。この光景は古井由吉の読者にはすでにきわめて親しいものである。すなわち、ある時点以降古井氏が選びとった散文のスタイルが本書でも依然として継続しており、本書を読むことでわたしたちは、そのスタイルの生成変化が至り着いた最晩年の局面を体感することになる。

本書の刊行後、古井氏は発表舞台を『群像』から『新潮』に移して短篇三作を書き継ぎ、四作目を「遺稿」として中断したまま永眠した。それらを収めて作者の死後に新潮社から刊行された『われもまた天に』(二〇二〇年)において、生成変化はさらに継続し、未完の「遺稿」とともにぷっつり途切れることになる。だから真の最終局面は、むしろそこに見出《みいだ》されるのだが、しかし本書においてすでに終末の気配は色濃く現われており、それは選び取られた題名に明らかである。「この道や行く人なしに秋の暮」は、元禄七(一六九四)年九月、大坂滞在中の芭蕉が連句の立句(発句)として提出したもので、連衆同士の社交の宴《うたげ》を開く始まりの挨拶としては、他者を拒絶するその孤心の深さにおいて異例と言うべき句である。俳聖が翌月に訪れる自身の死

(同年十月十二日)を予感して詠《よ》んだ句であるかのように、誰の目にも映らざるをえない。古井由吉が本書に『この道』のタイトルを冠することを決めたとき、彼の心に芭蕉の生涯の最期の日々が揺曳《ようえい》していたことは間違いあるまい。

虚構と現実のはざまを縫って流れてゆく文章の生成変化。それが著者の身体の現在と絶えず同期していることは言うまでもなく、従って、この連作群の執筆当時傘寿の歳にさしかかっていた古井氏の場合、当然と言えば当然ながら、その現在とは、端的に老いの深化として文体に露呈することになる。小説かエッセイかはともかく、本書を、ある年の早春(初篇の「たなごころ」には「大寒が明けて梅の香が夜に漂う頃」とある)から始まって、季節を追って月日が流れ、翌年の盛夏で終わる(掉尾《ちょうび》に置かれた「行方知れず」には「……酷暑はまだ続きそうだが、八月に入れば日の暮れには物陰からひそかに秋めく」とある)、ほぼ一年半ほどにわたる、一老人の暮らしのクロニクルとして読むことは可能である。

視力、聴覚、嗅覚の衰え、足腰の弱りがしきりと嘆かれるが、文章じたいにはいささかの衰弱も感知されない。選び抜かれた言葉の稠密《ちゅうみつ》な持続が、ロジックというよりアナロジックの思考の軌跡をうねうねと描いてゆく。それは一見きわめて奇態なようで、実は身体の自然に密着した、艶やかな、ほとんど官能的な詩的思考である。身体の自然、災禍の続く世界の風情《ふうじょう》の自然にもっとも密に即してあろうとする意志が、予期せぬ破れ目や迂路を次々に作り出し、結果として文章にかえって佶屈《きっくつ》したねじくれの外観を賦与するに至ってしまう、とでも言うべきか。

過去の出来事の想起がおびただしく挿入される。そこには現実には起こらなかったことも紛れこんでいるかもしれないが、起こらなかったことを思い出したり、起こったことも思い出すごとにその内容に変形や歪曲が施されていったりというのは、それこそ老いの「自然」にほかなるまい。そもそも、一定不変の過去の「現実」などはたして実在するのかという哲学上の難問じたい、完全にけりがついているわけではない。

従って、古井作品の愛読者にはきわめて親しい幾つもの挿話は、本書にも飽きずに再登場する。敵軍の空爆下に逃げ惑った少年時、椎間板ヘルニアの治療で仰向けの姿勢を強いられた日々……。同じことが何度も何度も想起され、そのつど想起主体の現在と共鳴して新たな意味を充塡され直され、詩的豊饒《ほうじょう》へと向けて熟《な》れてゆく。熟《じゅく》すというより、熟《な》れ鮨といった言葉に籠められているような意味で熟れてゆく、と言ってみたい。単調さの印象などかけらもない、ひたすら不穏で獰猛《どうもう》な反復だ。「なれ過ぎた鮓《すし》をあるじの遺恨哉」という蕪村の句がふと心をよぎる。

かつて日本の家に籠もっていたそんな「熟《な》れ」のにおいについて語っている一節が、本書の「この道」中に見出される。「漬け物は熟《う》れていく。味噌には黴が生える。醬油にも黴が浮く。どちらもさらに熟成中、つまり、穢《な》れつつあった」。下水道がまだ未発達でトイレが水洗式でなかった時代に、家中にかすかに漂っていた厠《かわや》のにおいもそこに混じる。そこから「熟《な》れ」に「穢」の字が当てられることにもなるのだが、親密さと疎《うと》ましさがともども籠もったそんなにおいが消えたのが今日の社会だと作者は言う。味噌にも醬油にも餅にも黴が生えなくなった。そうした環境は人の心にも影響を及ぼさずにはいない。「つれて人も、防腐剤に染まったのでもなかろうが……」。

人の思いがすでにそうだとすれば、ましてやその人が産み出す文学作品がそんなにおいをまとうわけがない。二一世紀に入った日本の小説は、「熟」も「穢」もにおわない、防腐剤入りかと思われる衛生的な、殺菌された、一見清潔と見える無味無臭の文章で書かれるようになった。ひと筋続く「この道」を営々と歩きつづけてきた古井氏が、原稿を書く手をふと止め、顔を上げて周囲の文学世界を見回すと、往来する人影はいつの間にかすっかり絶えてしまっている。そんな寂寥《せきりょう》の思いも本書のあちこちから立ちのぼってくるような気がする。

両親や兄姉について克明に語られた過去の古井作品もたしかあれこれあったはずだが、本書ではそうした係累たちの影が薄く、またこれは従来から同じだが、まだ存命の妻や子や孫などにはほとんど触れられない。結果として、天地に係累のいっさいないよるべない幼子のような存在へと、老年の「私」は徐々に戻ってゆくかのようだ。戦禍で親を見失った哀れなみなしごや、不意に家を出て行方知らずになってしまう老《ろう》耄《もう》の人の運命へ、思いはしきりと向かう。

「……自身の本来を思い出せぬままにまた孤児の身となった老年に、もしも埋められた記憶がひらくとしたら、背後からではなく前方の天に、赤い光芒となっておこそかに立つのではないかと思われる」(「野の末」)。太陽の異変で起きた磁気嵐で、江戸期の京都にオーロラが立ったことがあるというが、そんな異様な天変のように、記憶の数々が、身の後方ではない、むしろはるか前方の空にいきなり現出するのが、老いの窮まりの秘蹟なのだろうか。

そのとき、生の時間とは、誕生から死へ向かって一方向に流れてゆく持続ではなく、何もかもが同時に現前する異形の「静まり」となる。「行きかふ年も又旅人也」と芭蕉は言ったが、はたしてそうか。歳月の去来というが、「去来というものではなさそうだ。去るも来るもなくなり、生まれてこの方《かた》がここにひとつに静止する、そんな果ての境はあるように思われる。そこでは、ひさしぶりが、はじめてにひとしくなる」(「花の咲く頃には」)。

行方不明者。迷子。故地から追われ根こそぎになってしまった新住民。「居つきの人に聞いたところでは……」と語り出されている箇所がある(「野の末」)。古井氏が世田谷区用賀のマンションに居を定めたのは一九六八年のことだから、以来、すでに五十年にも及ぶ歳月が流れている。しかし、半世紀にわたって同じ場所に住みつづけようと、彼自身は決して「居つき」になれないのだ。月日の経過とともに土地に親しく馴染み、「居つき」の意識がだんだんと深まってゆく——そんな安楽に身を委ねて暮らすことを強情に拒みつづけているとも言える。

それというのも、自分自身のものと得心できる場所を決して所有できないまま終わるほかないのが、この現世での仮初の生の実態だと、いとけない幼少時に心の奥底で思い定めてしまったからなのか。「……戦中から敗戦後にかけて流転を見た家の子は、中年になってから定めた居を一途に守ってきても、避難者や居候の心をどこかに留めて、老いに入るにつれてそのかりそめの心が時に、変りもせぬ日常の中へ訝りとなって上ってくるものかと思った」(「行方知れず」)。

本書末尾に不意に現われるのは笑いである。「気がついてみれば、寝床の中で笑っていた」(「行方知れず」)。この笑いは恐ろしく、またすさまじい。バタイユが笑いを、生の過剰な蕩尽《とうじん》とも言うべき脱《エクスタシス》＝我の体験と見なしていたことが想起される。われわれの背筋をそそけ立たせるこの頓狂な笑いは、同作中の行文を少しばかり遡行し、「言葉はつき詰めるとすべて諧謔、徒労の諧謔なのか。人は最期まで言葉という危うい綱を渡り、そして渡り果てぬ者なのか」という物書きとしての覚悟を照射し返すこととなろう。

とはいえ、「老木が風も吹かぬのに折れて倒れる」ときに立つような「生涯の哄笑」の訪れは、未だ先のことだ、という。「未だ時ならず、時ならず」という密かな歌を低声で口ずさむようなリフレインが、本書の最終行にそっと響く。古井由吉はまだまだこの途方もない綱渡りを続けるつもりでいたのだ。わたしは本稿の冒頭に、これは芭蕉の晩年に思いを馳せながら書かれた、終末の気配の色濃い本だと書いたが、作者自身はしかし、「未だ時ならず」と呟《つぶや》き、そう自分に言い聞かせ、最後の瞬間をさらに不定の未来へと繰り延べようとしている。体操競技のフィニッシュの美技のような、収まりのよい辞世の句を詠むつもりなど、彼にはさらさらなかった。老いや衰えそれじたいさえをも「文」の糧とし、また「文」をドライヴする力の源としつつ、なおもひたすら書きつづけようとしている。書かずにはいられないという獰猛な意志が、しぶとく、執念《しゅうね》く持続している。

そもそも芭蕉にしても、「この道や……」の後、翌月に死去するまでのさして長くもない日々に、さらに幾つもの句を作っている。最後の句となったのは例の「旅に病《やん》で夢は枯野をかけ廻《めぐ》る」で、これはたしかに辞世と呼ぶにふさわしい感興と詩情をたたえた名句だが、ただし実情はと言えば、彼はそれを、これこそ生涯最後と思い定めた句として詠んだわけではなかった。芭蕉は「この道」の先へ先へ、枯野をよぎってまだまだ歩みつづける覚悟でいた。ただたんに、病んだ身体というのっぴきならない自然が、当人には抗《あらが》いがたい唐突な中絶をそこに持ちこんでしまっただけだ。

古井由吉の文章の生成変化にしても同様であり、それは決して完結せず、本書所収の八篇の後もさらに継続し、『われもまた天に』所収の未了の「遺稿」とともに、ただ偶発的な中断を迎えただけのことである。生成変化に一度かぎり決定的な完成の瞬間などはありえず、「書く人」としての古井由吉の覚悟はいつまでも「この道」の「途上」にあり、絶えず未来に向かって開かれつづけている。文学事象としてのこの持続、この「開かれ《ウーヴエルチユール》」の過激さ、凶暴さに比べれば、作者という名の個体の死など取るに足らない些事《さじ》にすぎないとも言える。

初出
たなごころ　「群像」二〇一七年八月号
梅雨のおとずれ　「群像」二〇一七年一〇月号
その日のうちに　「群像」二〇一七年一二月号
野の末　「群像」二〇一八年二月号
この道　「群像」二〇一八年四月号
花の咲く頃には　「群像」二〇一八年六月号
雨の果てから　「群像」二〇一八年八月号
行方知れず　「群像」二〇一八年一〇月号

単行本
二〇一九年二月刊

|著者| 古井由吉　1937年、東京生まれ。東京大学文学部独文科修士課程修了。大学教員となり、ブロッホ、ムージル等を翻訳する。'70年、大学を退職。'71年、「杳子」で芥川賞を受賞。黒井千次、坂上弘、後藤明生らとともに「内向の世代」と称される。'77年、高井有一らと同人誌「文体」を創刊。'83年、『槿』で谷崎潤一郎賞、'90年、『仮往生伝試文』で読売文学賞、'97年、『白髪の唄』で毎日芸術賞を受賞。作品に『山躁賦』『野川』『辻』『白暗淵』『ゆらぐ玉の緒』『われもまた天に』他がある。2020年2月、逝去。

この道《みち》
古井由吉《ふるいよしきち》

講談社文庫
定価はカバーに
表示してあります

2022年2月15日第1刷発行

KODANSHA

発行者——鈴木章一
発行所——株式会社　講談社
東京都文京区音羽2-12-21　〒112-8001
電話 出版（03）5395-3510
販売（03）5395-5817
業務（03）5395-3615
Printed in Japan

デザイン—菊地信義
本文データ制作—講談社デジタル製作
印刷———豊国印刷株式会社
製本———株式会社国宝社

ISBN978-4-06-526634-2

講談社文庫刊行の辞

二十一世紀の到来を目睫に望みながら、われわれはいま、人類史上かつて例を見ない巨大な転換期をむかえようとしている。

世界も、日本も、激動の予兆に対する期待とおののきを内に蔵して、未知の時代に歩み入ろうとしている。このときにあたり、創業の人野間清治の「ナショナル・エデュケイター」への志を現代に甦らせようと意図して、われわれはここに古今の文芸作品はいうまでもなく、ひろく人文・社会・自然の諸科学から東西の名著を網羅する、新しい綜合文庫の発刊を決意した。

激動の転換期はまた断絶の時代である。われわれは戦後二十五年間の出版文化のありかたへの深い反省をこめて、この断絶の時代にあえて人間的な持続を求めようとする。いたずらに浮薄な商業主義のあだ花を追い求めることなく、長期にわたって良書に生命をあたえようとつとめるところにしか、今後の出版文化の真の繁栄はあり得ないと信じるからである。

同時にわれわれはこの綜合文庫の刊行を通じて、人文・社会・自然の諸科学が、結局人間の学にほかならないことを立証しようと願っている。かつて知識とは、「汝自身を知る」ことにつきていた。現代社会の瑣末な情報の氾濫のなかから、力強い知識の源泉を掘り起し、技術文明のただなかに、生きた人間の姿を復活させること。それこそわれわれの切なる希求である。

われわれは権威に盲従せず、俗流に媚びることなく、渾然一体となって日本の「草の根」をかたちづくる若く新しい世代の人々に、心をこめてこの新しい綜合文庫をおくり届けたい。それは知識の泉であるとともに感受性のふるさとであり、もっとも有機的に組織され、社会に開かれた万人のための大学をめざしている。大方の支援と協力を衷心より切望してやまない。

一九七一年七月

野間省一

講談社文庫 最新刊

古井由吉
この道
祖先、肉親、自らの死の翳《かげ》を見つめ、綴られる日々の思索と想念。生前最後の小説集。

山手樹一郎
夢介千両みやげ（上）（下）
〈完全版〉
底抜けのお人好しの夢介が道中師・お銀に惚《ほ》れられて。大衆小説を代表する傑作を復刊！

横関 大
仮面の君に告ぐ
殺人事件に遭ったカップルに奇跡の十日間が訪れるが。ラストに驚愕必至のイヤミス！

笠井 潔
転生の魔
〈私立探偵飛鳥井の事件簿〉
社会的引きこもりなど現代社会を蝕む病巣を切り裂く本格ミステリ×ハードボイルド！

倉阪鬼一郎
八丁堀の忍㈥
〈死闘、裏伊賀〉
裏伊賀のかしらを討ち果たし、鬼市《おにいち》と花はまだ知らぬ故郷に辿《たど》り着けるか!? 堂々完結。

講談社タイガ

遠藤 遼
平安姫君の随筆がかり 一
〈清少納言と今めかしき中宮〉
笑顔をなくした姫様へ謎物語を献上したい。毒舌の新人女房・清少納言が後宮の謎に迫る。

林原耕三
漱石山房の人々
「あんな優しい人には二度と遭えないと信じている」。漱石晩年の弟子の眼に映じた師とその家族の姿、先輩たちのふるまい……。文豪の風貌を知るうえの最良の一冊。
解説=山崎光夫
はN1
978-4-06-526967-1

中村武羅夫
現代文士廿八人
かつて文士にアポなし突撃訪問を敢行した若者がいた。好悪まる出しの人物評は大人気。花袋、独歩、漱石、藤村……。作家の素顔をいまに伝える探訪記の傑作。
解説=齋藤秀昭
なU1
978-4-06-511864-1

講談社文庫　目録

芥川龍之介　藪の中
有吉佐和子　新装版 和宮様御留
阿刀田　高　ナポレオン狂
阿刀田　高　新装版 ブラック・ジョーク大全
相沢忠洋　「岩宿」の発見〈幻の旧石器を求めて〉
鮎川哲也　りら荘事件
赤川次郎　偶像崇拝殺人事件
赤川次郎　人間消失殺人事件
赤川次郎　三姉妹探偵団
赤川次郎　三姉妹探偵団2〈キャンパス篇〉
赤川次郎　三姉妹探偵団3〈珠美・初恋篇〉
赤川次郎　三姉妹探偵団4〈怪奇篇〉
赤川次郎　三姉妹探偵団5〈復讐篇〉
赤川次郎　三姉妹探偵団6〈危機一髪篇〉
赤川次郎　三姉妹探偵団7〈駆け落ち篇〉
赤川次郎　三姉妹探偵団8〈人質篇〉
赤川次郎　三姉妹探偵団9〈青ひげ篇〉
赤川次郎　三姉妹探偵団10〈父恋し篇〉
赤川次郎　死が小径をやってくる〈三姉妹探偵団11〉
赤川次郎　死神のお気に入り〈三姉妹探偵団12〉
赤川次郎　次女と野獣〈三姉妹探偵団13〉
赤川次郎　心地よい悪夢〈三姉妹探偵団14〉
赤川次郎　ふるえて眠れ、三姉妹〈三姉妹探偵団15〉
赤川次郎　三姉妹、呪いの道行〈三姉妹探偵団16〉
赤川次郎　三姉妹、初めてのおつかい〈三姉妹探偵団17〉
赤川次郎　恋の花咲く三姉妹〈三姉妹探偵団18〉
赤川次郎　月もおぼろに三姉妹〈三姉妹探偵団19〉
赤川次郎　三姉妹、ふしぎな旅日記〈三姉妹探偵団20〉
赤川次郎　三姉妹、清く貧しく美しく〈三姉妹探偵団21〉
赤川次郎　三姉妹と忘れじの面影〈三姉妹探偵団22〉
赤川次郎　三姉妹、舞踏会への招待〈三姉妹探偵団23〉
赤川次郎　三人姉妹殺人事件〈三姉妹探偵団24〉
赤川次郎　三姉妹、さびしい入江の歌〈三姉妹探偵団25〉
赤川次郎　静かな町の夕暮に
赤川次郎　キネマの天使〈レンズの奥の殺人者〉
泡坂妻夫　花火と銃声
新井素子　グリーン・レクイエム〈新装版〉
安能務 訳　封神演義 全三冊
安西水丸　東京美女散歩
綾辻行人　殺人方程式〈切断された死体の問題〉
綾辻行人　鳴風荘事件 殺人方程式II
綾辻行人　十角館の殺人〈新装改訂版〉
綾辻行人　水車館の殺人〈新装改訂版〉
綾辻行人　迷路館の殺人〈新装改訂版〉
綾辻行人　人形館の殺人〈新装改訂版〉
綾辻行人　時計館の殺人〈新装改訂版〉
綾辻行人　黒猫館の殺人〈新装改訂版〉
綾辻行人　暗黒館の殺人 全四冊
綾辻行人　びっくり館の殺人
綾辻行人　奇面館の殺人(上)(下)
綾辻行人　どんどん橋、落ちた〈新装改訂版〉
綾辻行人　緋色の囁き〈新装改訂版〉
綾辻行人　暗闇の囁き〈新装改訂版〉
綾辻行人　黄昏の囁き〈新装改訂版〉
綾辻行人ほか　7人の名探偵
我孫子武丸　探偵映画
我孫子武丸　新装版 8の殺人

2021年12月15日現在